**Für
Josef Bordat**

Claudia Sperlich

Die Befreier

13 Geschichten von Verwandten, Nachbarn und anderen Dämonen

© 2017 Claudia Sperlich
Verlag: tredition GmbH, Hamburg

Paperback 978-3-7439-0866-6
Hardcover 978-3-7439-0867-3
e-Book   978-3-7439-0868-0

Printed in Germany

Inhalt

Arme Tante Rike 7

Nadeln 14

Ein Job fürs Leben 18

Kettenöl 24

Genetisch einwandfrei 31

Fünfmal Sterben 39

Mahlzeit 44

Onkel Walter 46

Das Amt 49

Weihnachtsfeier mit Autorenlesung 64

Friede sei mit dir 75

Das Erbstück 83

Die Befreier 92

Arme Tante Rike

„Hast du einen Freund, Tante Rike?" Sie ist groß geworden, dachte Friderike. Nicht mehr das Baby überm Taufbecken. „Einen sehr schönen sogar", lächelte sie. Hella blieb ernst und sachlich. „Und Kinder?" „Nein, Mäuschen. Kinder haben wir nicht." Hella wußte Rat. „Dann mußt du mit dem schlafen." „Nützt nichts bei uns", sagte ihre Tante, „- also, jedenfalls nicht zum Kinderkriegen." Hella wußte es besser: „Mama hat aber gesagt, davon kriegt man Kinder. Sonst wär ich nicht da." Friderike grinste. „Überwältigend logisch. Aber bei mir ist etwas hier unten kaputt, und deshalb kann ich nicht schwanger werden." Das Mädchen rutschte vom Stuhl, lief auf die Frau zu und streichelte ihr Gesicht. „Deswegen mußt du nicht traurig sein, Tante Rike. Ich bin ja schon bei Mama, aber ich komm dich ganz oft besuchen, dann ist das fast genau so gut." Sie brach ab, zögerte und fragte mit dem Interesse eines Verhaltensforschers: „Du, Tante Rike - wieso schlaft ihr dann miteinander?"

Für diesmal wurde Friderike von der Antwort entbunden. Es klingelte, Hella riß die Tür auf und stürzte auf ihre Mutter zu, ließ sich durch die Luft schwenken und abküssen. Friderike stand neben den leergegessenen Kuchentellern und betrachtete das Schattenbild im hellen Viereck der geöffneten Tür. Der Garten verschwand im goldenen Spätsommerlicht; ihre Schwester hielt das Mädchen auf dem Arm und hatte den Kopf so geneigt, daß ihre Stirnen sich beinahe berührten. Friderike sah an sich herunter. „Etwas hier unten kaputt", flüsterte sie.

Renate schlug ihr den Arm um die Schulter. „Na, Schwesterherz. War die Kleine brav?" Hastig nickte Friderike. „Ist sie doch immer, die Süße." Dabei stellte sie die Teller zusammen, ohne ihre Schwester anzublicken. „Könntest Du mich vielleicht nächstes Wochenende von ihr befreien? Ich müßte mal eine Weile mit Paul allein sein. Wäre wirklich süß von dir."

Friderike versicherte, es sei ihr ein Vergnügen. Hella jubelte. „Können wir verreisen, Tante Rike?" fragte sie begierig. Die lächelte. „Wenn deine Mama nichts dagegen hat, können wir in mein Ferienhaus wandern. Du wanderst doch gerne?"

Der Brief war maschinengeschrieben.

„Liebe Friderike, ich glaube, es hat keinen Sinn. Ich fühle mich erdrückt. Du versuchst einerseits, mich zu vereinnahmen, andererseits interessierst Du Dich mehr für Deine Nichte als für mich. Ich glaube, sogar mehr als für Dich selbst. Ich bin mindestens auf längere Zeit weg. Such mich nicht. Gruß, Stephan."

„Alter Trottel", murmelte sie. Dabei liefen ihr Tränen über das Gesicht.

Renate blinzelte ihrer Schwester müde entgegen. Hella warf sich ihr an den Hals, verlangte ihren Rucksack, rannte zurück ins elterliche Schlafzimmer und küßte ihren Vater ab, der darüber grunzend aufwachte. „Kommt heile wieder", brummelte er. „Ruft an, wenn was passiert."

„Hier sieht es ein bißchen aus wie bei Oma. Aber auch ganz anders", stellte Hella fest, als sie den dörflichen Bahnsteig verließen. Der Damm leuchtete gelb von Goldruten. Friderike breitete die Karte auf einer Bank aus. „Siehst du, hier ist Norden - immer oben auf der Karte. Wir müssen nach Süden, den Weg lang..." In weniger als einer Viertelstunde hatte Hella gelernt, eine Wanderkarte zu lesen, und Friderike letzte Gewißheit über die Route gewonnen. Hand in Hand zogen sie los, schmetterten Lieder, machten einander auf Blumen, sonderbar verfärbte Blätter und winzige Insekten aufmerksam. Im Landschaftsschutzgebiet rasteten sie zum ersten Mal. „Den Müll nehmen wir schön mit."

Farnkraut ragte über ihre Köpfe. „Das ist wie in dem Spiel mit den Elfen." Friderike hatte das Computerspiel einmal mitgespielt und fand es kitschig. „In dem Spiel riecht man aber nichts." Hella nickte. „Ja, Tante Rike. Das hier ist eigentlich besser als ein Spiel. Außerdem macht man alles selber."

Das Ferienhaus lag sehr einsam an einem verträumten kleinen See. Friderike hatte es vor Jahren für künftige Familienurlaube mit Kindern gekauft, hatte jedes zweite Wochenende renoviert und eingerichtet. Seit der Operation war sie nur noch selten dort gewesen. Es war staubig und muffig, aber Hella jubelte. „Ein Zauberhaus! Weißt du, der gute Zauberer in dem Spiel hat so ein Haus. Aber nur der gute, der andere nicht." „Ja, aber bei dem Zauberer macht der Besen von selber sauber, nicht? Hier müssen wir das machen." Begeistert half Hella beim Fegen. Die Hütte wurde wirklich gemütlich, gelüftet war nun auch. Friderike holte Nudeln und Tomatensauce aus dem Rucksack und machte in der winzigen Einbauküche Abendessen. Hella war bald so müde, daß sie vergaß, nach dem Fernsehprogramm zu fragen, und schlief schnell ein.

Mit dem Finger zog Friderike den Weg auf der Karte nach und ging in Gedanken auf der anderen Seite des Sees zurück. Dann legte sie die Karte sorgfältig zusammen, steckte sie wieder in den Gürtel und ging auf die Terrasse. Sie fröstelte im aufsteigenden Nebel. Über dem See schwamm ein dunkler werdender Streifen Abendlicht. Die hellen, flach umzäunten Steinplatten und ein hoch aufgetürmter Holzstapel am Weg brachten sie zu Gedankenverbindungen von Tanzplatz, Feuerplatz, heidnische Feiern, Stonehenge und so. Gebannt sah sie zu, wie sich verdichtende Nebelschwaden den Seespiegel verdeckten. Avalon, oder was immer. Sie spürte die Kälte nicht mehr; Blut pochte in ihren Schläfen. Reglos wartete sie auf die Dunkelheit. Erst als sie die ihr bekannten Sternbilder unterscheiden konnte, beschloß sie, ins Haus zu gehen, wandte sich aber doch nicht um. Ergriffen, ohne im geringsten zu ahnen, wovon, krampfte sie die Hand um die Karte und zog sie langsam aus dem Gürtel, ohne die Stellung zu verändern. Dann ließ sie sich auf ein Knie nieder, breitete die Karte sorgfältig aus und faltete die Ecken zur Mitte, drehte sie um und wiederholte den Vorgang. Hier taten Opfer Not - für wen? - gleich, hier waren Leben und Tod und All und Nichts versammelt, und ihr oblag es, die heilige Handlung zu vollziehen. Sie kramte das Mobiltelephon aus der Tasche, pulte die Sim-Karte heraus und legte sie auf das Papier. Neben dem forstamtseigenen Holzstapel fand sie trockenes Laub und streute es darüber. In der Rocktasche tastete sie nach dem Feuerzeug, hielt es kurze Zeit mit zärtlicher Ehrfurcht auf der ausgestreckten Hand, weckte die Flamme und hielt sie unter das Papiergebilde. Die Karte flammte auf und verglomm unter ihren segnenden Händen. Langsam stand sie auf und ging hinein, wusch sich sorgfältig und ging ins Schlafzimmer.

Friderike erwachte von Hellas trappelnden Schritten. Die Welle von Scham war schnell überwunden. Sie hatte vollkommen richtig gehandelt; alles andere wäre eine Unterlassungssünde gewesen. Ihre Schwester hatte Hella niemals wirklich geliebt. Sicher war das Kind nur für sie, die Sterile, geboren, von der, die nicht gebären wollte, für die, die es nicht konnte... „Meine Kleine“, murmelte sie. Hella hopste zu ihr. „Ja, Tante Rike. 'n Morgen. Machst du mir einen Kakao?“ Friderike fuhr auf. „Ja, natürlich. Gleich. Ich habe noch ein bißchen geträumt. Geh dich aber erst waschen.“ Sie blieb sitzen, bis sie die Badezimmertür klappen hörte. Dann stand sie auf, stellte sich mit einiger Sorgfalt gerade hin und schritt in die Küche. In einer Schublade fand sie die Küchenschere, ging zum Festnetztelephon und durchschnitt das Kabel, verwahrte die Schere wieder, nahm den Besen und hastete auf die Terrasse. Die schwarzen Aschenfetzen zeigten noch ein Netz von heller glänzenden Straßen. Langsam schob sie den Haufen vor sich her. Erst auf dem taunassen Gras zerbröselte die Asche zur völligen Unkenntlichkeit. „Hella ist mein Kind", flüsterte sie. Dann ging sie in die Küche und setzte die Milch auf.

„Der Kakao ist gut", sagte Hella anerkennend. Friderike lächelte. „Freut mich, mein Schatz. Übrigens ist ein bißchen was Blödes passiert." „Was denn?" Hella blieb ruhig. „Ich habe die Karte verloren", sagte ihre Tante. „Außerdem ist das Telephon kaputt, das Handy auch. Und einen PC oder so etwas haben wir hier nicht. Und weißt du, ohne Karte finde ich mich gar nicht zurecht. Wir können nicht zurück."

Nadeln

Vor der Mahnwache bleibt sie stehen. Klein, schmächtig, die Augen fingerbreit dunkelblau gerändert, klatschrosa Kußmund. Platinblondes toupiertes Haar, die dünne Bluse tief ausgeschnitten, Jeansjacke, Ledermini, Nahtstrümpfe mit Laufmaschen. Schiefstehende Mausezähne, blasses rundes Gesicht, blutiger Hautausschlag an Hals und Händen.

Gandhi, der war ja auch irgendwie wie Jesus, oder.

Meinter, det ändert was, wenner hier steht?

Naja... Aber es passiert doch allet, was passieren muß. Lies doch mal ins Alte Testament. Da steht auch, daß Gott alle Leute vernichtet, wennse nich glauben und nich gehorchen. Dann wirder zornig, und dann machter sie zu Staub.

Ick jeh aufn Strich, ick weißet. Mit den Händen det is Neurodermitis. Hatt ick ooch ins Jesicht, wo ick schwanger war. Da hattick irre Angst, es is Aids, und mein Kind könntet kriejen. Wars aber nich, bloß Neurodermitis. Und det Kind is jesund, wa, ganz richtig, so groß wart, hab ick mir jefreut! Und det kann bloß Gott machen, dat ick nich Aids hab. Ick kratz mir immer auf, ick will det jar nich, aber ick mach det, kann ick nich jejen an. Bloß wat ick sagen wollte is, ick weeß, det Gott mich liebt, so wie icke bin. Der hat mir so jemacht, als Nutte mit Neurodermitis und als Fixerin, det muß ick annehm, und denn jehtet mir besser. Und dat det Kind jesund is, det hätt ja nich sein müssen. Wär eigentlich normal jewesen, wennet infiziert wär, so wie ick lebe. Det is von Gott, sonst wär det anders. Wo ick det noch nich anjenomm hatte, det war schlimm. Mit Fragen kommste nich immer weiter, weil, Gott jibt dir nich immer ne Antwort, bloß wenner Bock hat. Aber ick habet anjenomm. Gott find mich jut so.

Ick muß so sein, weil det mein Leben is. Jeder muß so sein, wie sein Leben is, und weil die Leute det nich wissen wolln, deswejen jibts Krieg und so. Nich weilse Waffen machen, sondern weilse det nich wissen wollen, und weilse nich auf Gott hörn, und denn macht der, das Krieg is, wie in Sodom und so.

Mja. Haste Recht. Aber es is doch ooch so mit kleinen Sachen zu machen, so wie man zu andern is, jeden Tag. Ick jeh aufn Strich. Früher hab ick jedacht, da bin ick zu häßlich zu. Schöner bin ick ja nich jeworden, außer daß ick et jetzt nich mehr im Jesicht habe. Aber find ick nich mehr schlimm. Naja, fürt Jeschäft waret schon wichtig, dasses ausm Jesicht weg is. Ick

15

kenn von den Männern ja bloß die Schwänze, aber die kieken immer auft Jesicht. Und denn war ick froh, das det Kind es nich hat. Aber wat ick sagen wollte, mit die kleinen Sachen, so Nutte sein, det kannste ooch nich von jede verlangen, da brauchste die Nerven zu. Und die Männer, na, die jehn doch alle hin, weilset zu Hause nich richtich jemacht kriejn, det hält die Familjen zusamm, sonst würden die abhaun.

Meine Tochter wohnt bei meine Mutter. Is besser so.

So im Rollstuhl, det is doch ooch schlimm. Du würdst doch sicher mit mir tauschen, wennde denn loofen könntst. Soll ick dir mal besuchen komm?

Eigentlich bin ick janz froh, dasse nein gesagt hat. Is schwierig mit Behinderte. Und denn denk ick immer, det kann dir ooch passiern. Aber ick hätt ihr doch helfen wolln. Und wenn ick machen könnte, det se wieder loofen könnte, würdick machen.

Du - wie heißtn du übrigens? Icke bin Monika. - Also, Claudia, wat machstn du so?

Det is doch nischt auf die Dauer, so immer bloß mit Behinderte und so. Ick meine, nimmste mir jetz nich übel, ick kann det nich schöner sagen,

16

bin bloß ne Nutte, aber haste schon mal richtig gebumst? Also son richtigen Typen? Oder biste noch Jungfrau?

Weeste, du willst doch sicher ooch mal son richtigen Typen kennenlernen, so einer, der stark is und schön und jut bumsen kann. Also, wenn ick dir mal ne Weile bei mir haben könnte, denn würd ick dirn paar Sachen beibringen. Also erstmal müßteste dir nich so hippiemäßig anziehn, sondernen Rock und schöne Strümpfe. Und denn die Haare nich so kurz, sondern lang. Und denn müßteste so zehn Kilo abspecken, so hier und da.

Und denn bring ick dir die richtjen Sprüche bei, und denn klappt det schon.

Ein Job fürs Leben

Auf dem Arbeitsamt (entschuldigt, ich sage immer noch Arbeitsamt, die jungen Leute verstehen das nicht mehr - das ist die altmodische Bezeichnung für Jobcenter, was wiederum neuerdings Vermittlungscenter für Produktions- und Dienstleistungsfähige heißt) - also auf dem VfP war ich zur wöchentlichen Meldung. Die Angestellte rief meine Daten auf und fragte mich, was ich tue, um auf dem ersten Arbeitsmarkt eine Stelle zu finden. Ich antwortete leicht genervt, daß ich den Stellenmarkt lese und Bewerbungen schreibe, es nur leider für eine 57jährige nicht so ganz einfach sei, etwas zu finden. Den Ordner mit den zehn Absagen der letzten Woche legte ich vor. „Ah, Sie haben sich auch bei einer Großschlachterei beworben. Ja, haben Sie denn die geforderte Qualifikation?" Langsam fing ich an zu kochen. „Sie haben meinen Lebenslauf vor sich. Ich bin ausgebildete Metzgerin. Falls es Sie interessiert, die Großschlachterei steht gegenüber von dem Laden, der bis vor fünf Jahren meine Öko-Fleischerei beherbergte. Soll ich Ihnen erklären, warum ich die Fleischerei nicht mehr habe?"

In der Regel lassen mich diese Amtsgänge kühl, ich sehe sie als notwendiges Übel, um mein Geld zu bekommen, ebenso wie die Bewerbungen.

Jeder Denkende weiß, daß es für Leute in meinem Alter keinen Arbeitsmarkt gibt, ich muß aber vor dem Amt so tun, als gäbe es ihn. Auch das Amt weiß, daß es keine Möglichkeiten für mich gibt, muß aber die Existenz seiner zahlreichen Angestellten rechtfertigen und Aufwand treiben. Aber dies Mal kochte mir die Wut über das Amt und die über diese elende Großschlächterei hoch. Ich hatte mich nur von Ökobauern beliefern lassen, hatte meine Zulieferer regelmäßig kontrolliert, hatte meine liebevoll hausgemachten Marinaden und Kräuterbuletten angeboten. Und dann war dies Monster von einer Großschlachterei gekommen, hatte sich breitgemacht und mit seinen Schleuderpreisen mein Geschäft zerstört. Beworben hatte ich mich dort, weil ich genügend Bewerbungen vorweisen mußte - und ich war über die Absage nicht traurig gewesen.

Wenige Tage später flatterte mir ein amtlicher Brief ins Haus. Ich wurde zum VfP zitiert, „um über Ihre Situation zu sprechen". Grimmig lächelnd las ich das Bürokratendeutsch. In der folgenden Woche saß ich wieder einmal in dem kahlen, ungelüfteten Raum, der zur Hälfte ein offenes Wartezimmer, zur anderen Hälfte fünf ohne Sichtschutz nebeneinander stehende Schreibtische beherbergte. Nach nicht einmal zweistündiger Wartezeit wurde ich empfangen.

„Es wird Sie freuen zu hören, daß wir eine Arbeit für Sie gefunden haben." Ich freute mich wirklich, erwartete dabei nichts Besonderes, vielleicht eine befristete Putzstelle - obwohl selbst die seit der Herabsetzung der Schulpflicht auf fünf Jahre rar geworden sind. Aber es kam noch besser - es sei eine Festanstellung mit Tarifvergütung.

„Wo?" fragte ich gierig.

„Im Justizvollzug."

Das war ein leiser Schreck, aber, dachte ich, auch als Schließerin kann man menschlich sein und vielleicht sogar hilfreich - ich sah mich schon meine Georg-Büchner-Ausgabe an Gefangene verleihen. Die Frau am Schreibtisch schob mir ein frisch ausgedrucktes Papier zu.

„Das Vorstellungsgespräch ist am Dienstag, 8.30 Uhr." Ich lächelte sie an, blickte auf das Papier und erstarrte.

„Das kann nicht wahr sein", sagte ich laut.

Sie sah erstaunt und unwillig auf: „Was gibt es denn?"

Ich holte Luft. „Ich werde nicht als Vollstreckerin arbeiten."

Ihre Miene wechselte von professioneller Freundlichkeit zu eisiger Strenge. „Sie unterliegen der Mitwirkungspflicht."

„Ich werde nicht morden."

„Das verlangt ja auch niemand. Mord ist ja wohl etwas anderes als der Vollzug eines legalen Urteils."

„Hinrichtung ist Mord. Ich werde diese Arbeit nicht machen, unter keinen Umständen." Meine Stimme klang schrill, ich hasse es, keine Gewalt über meine Stimme zu haben, aber ich kiekse immer, wenn ich aufgeregt bin. Die Wartenden in dem offenen Vorraum sahen zu uns herüber; ein intellektuell wirkender älterer Herr nickte, eine platinblondierte junge Frau schüttelte entrüstet den Kopf, der sie begleitende Tätowierte raunte deutlich vernehmbar: „Kommunistenschlampe." Ich mühte mich, meine Stimme in die Gewalt zu bekommen, und fuhr leiser fort:

„Ich habe mich jahrelang gegen diese verdammte Strafrechtsreform eingesetzt und werde mich nicht zur Henkerin machen lassen."

„Die korrekte Berufsbezeichnung ist, bitte schön, Vollstreckerin. Übrigens machen Sie sich vielleicht falsche Vorstellungen vom Berufsbild.

Sie werden doch kein Richtbeil schwingen müssen!" Hier lächelte die Angestellte nachsichtig. „Sie werden in einem vollkommen sauberen, täglich sterilisierten Umfeld arbeiten, und Sie haben mit genau dosierten Chemikalien zu tun, aber nicht mit Blut." Ihr Lächeln wurde breiter. „Und dann haben Sie höchsten Kündigungsschutz! Das kann ohne weiteres ein Job fürs Leben werden!"

„Ich mache das nicht", wiederholte ich leise und überdeutlich. Die Angestellte wurde wieder strenger:

„Sie wissen, was das für Folgen haben wird, wenn Sie Ihrer Mitwirkungspflicht nicht nachkommen?"

Ich nickte. „Ich morde trotzdem nicht. Auch nicht für Geld."

„Es ist kein Mord!" fuhr sie mich nun empört an. „Was glauben Sie denn, was für Menschen Sie da zu - zu - behandeln haben? Kinderschänder sind das, Mörder, Perverse!"

„Und was bin ich dann?" fragte ich patzig, ohne anzunehmen, daß diese Frage auf irgendwelches Verständnis stoßen würde.

„Jetzt mach mal hinne, Alte, wir warten", brüllte der Tätowierte. Ich zuckte zusammen.

„Es hat keinen Sinn, darüber zu reden. Ich mache das nicht und Punkt." Damit drehte ich mich um und verließ das Amtsgebäude.

Vorhin war die Post da: eine Rechnung vom Zahnarzt, eine Mahnung wegen der Miete und ein Brief vom VfP.

Da Sie Ihrer Mitwirkungspflicht trotz dringender Aufforderung nicht nachkamen, sind wir gezwungen, Ihre Bezüge einzustellen.

Kettenöl

Ich hatte mein Fahrrad repariert, poliert und geölt und war in bester Laune losgefahren, als die Pedale begannen, sich ohne mein Zutun zu bewegen – in einer Geschwindigkeit, die ich bisher nur ausnahmsweise über kurze Strecken erreicht hatte. Meine Füße wurden abwechselnd hochgedrückt, ohne daß ich die Muskeln einsetzte. Kurze Zeit genoß ich die mühelose Schnelligkeit, bekam dann Bedenken und bremste, worauf das Fahrrad hinten hochging und mich beinah abwarf. Ich lockerte den Zugriff auf die Bremsen und wurde in irrsinnigem Tempo durch die Stadt geschleppt. Kurven nahm es fast ohne die Geschwindigkeit zu verringern, und selbst das altstädtische Kopfsteinpflaster war kein ernstes Hindernis. Dabei herrschte der übliche Nachmittagsverkehr, Ströme von Fußgängern, reihenweise Busse und genügend Autos, um Angst zu bekommen. Abzuspringen konnte ich nicht wagen. Mein Fahrrad preschte in waghalsigen Kurven durch die Massen, klingelte wild und bockte, wenn ich die Bremsen nur antippte. Mehrere Menschen drohten mir mit der Faust, was einiges heißen will in Münster (man ist hier eher friedlich und langsam in den Gefühlsäußerungen). Dann raste das Fahrrad mit mir auf die Hammer Straße, und zwar auf die linke Spur der stark befahrenen Ausfallstraße, ungeachtet des breiten Radweges. Ich weinte vor Angst. Abzuspringen traute ich mich nicht, und etwas anderes fiel mir nicht ein. Meine Hände krampften sich hart um die Griffe, und ich versuchte die Lenkstange gewaltsam nach rechts zu drehen, was einen wilden Slalom zur Folge hatte. Das Fahrrad beruhigte sich erst, als ich den Griff lockerte und ihm freie Hand ließ. Dann brach es unvermittelt nach links aus und preschte auf die Autobahn. Ich schloß die Augen. Halb bewußtlos hörte ich ein Konzert aus Hupen und kreischenden Bremsen hinter mir; irgendetwas knallte und schepperte unwahrscheinlich laut. Dann war es ruhig. Vorsichtig öffnete ich die Augen. Das Fahrrad raste die linke Spur entlang. Diese Seite der Autobahn war leer; ein zaghafter Blick über die Schulter zeigte einen ungeheuren Klumpen zusammengedrückter Fahrzeuge weit hinter mir. Auf der Gegenfahrbahn schoben sich die Autos weiter durch den Feierabend.

Die Steigung der Ausfahrt nahm das Fahrrad mit unverminderter Geschwindigkeit. Ich setzte die Füße auf den Rahmen, drückte die Knie zusammen, um nicht von den flitzenden Pedalen getroffen zu werden. Jetzt ging es eine weitere große und sehr häßliche Straße entlang mit dem komisch-anrüchigen Namen *An den Loddenbüschen*, aber hierzulande hat man sich dran gewöhnt oder ist zu anständig, es zu merken. Hier herrscht um diese Zeit starker

Verkehr, es kam zu mehreren riskanten Ausweichmanövern und einigen Vollbremsungen auf Seiten der Autofahrer. Das Fahrrad raste stur auf der linken Spur, bog in Schräglage in den Albersloher Weg (Weg stimmt nicht, auch dies ist eine breite Ausfallstraße, die dreispurigen Fahrbahnen durch kranke Bäume und Gestrüpp voneinander getrennt). *Wenn wir so weitermachen, kommen wir nach Bielefeld,* sagte ich. *Oder wie wäre es mit Köln?* Ich ver-suchte zu spaßen. Aber es wollte offenbar nach Hause, preschte an der Kaserne über die Mittelböschung, warf mich fast ab, überquerte die Gegenfahrbahn meterdicht vor einem Porsche (kein Bremsgeräusch, dafür anhaltendes Hupen), knüppelte über den Bordstein (mir tut in Gedanken daran noch immer der Hintern weh), in die Einfahrt, um die Ecke, in den Unterstand. Dort bremste es kreischend und kam millimeterdicht vor der Mauer zum Stehen. Ich sackte hinunter. Beim Anschließen bockte es heftig und schlug mir das Schienbein blau.

Zitternd und mit weichen Knien schlich ich in meine Wohnung, wählte die Notrufnummer. *Ich habe einen schrecklichen Unfall gebaut. Ich bin jetzt zu Hause, ich war mit dem Rad unterwegs...* Was denn genau passiert sei, fragte der Beamte. *Ich war mit dem Rad auf der Autobahn, es ist irgendwie von selber...* Ob ich irgendetwas genommen habe. *Nein, ich bin nüchtern, also mein Fahrrad ist irgendwie auf die Autobahn...* Man habe hier keine Zeit für Witze. Ob mir eigentlich klar sei, daß die Vortäuschung von Straftaten gesetzwidrig sei. *Ich täusche doch gar nicht, ich meine, ich verstehe das selber nicht, bitte kommen Sie doch, ich trau mich nicht aus dem Haus, und muß doch jetzt, wegen des Unfalls...* Der Beamte seufzte, kurze Zeit hörte ich nur sehr gedämpftes Gemurmel. Er hielt wohl die Sprechmuschel zu. Dann hörte ich aus dem Hintergrund: *Da war wohl wirklich irgendwas. Aber frag mal, auf welchem Autobahnabschnitt.* Ich beschrieb die Strecke. Der Beamte wiederholte meine Angaben, und im Hintergrund tönte es: *Nein, das war woanders, was da eben einging - oder warte, warte mal, nein, da ist wohl tatsächlich noch so was, welcher Abschnitt? Ja, da ist noch so was.* Der Beamte wurde sachlich. Ich solle zu Hause bleiben, ein Einsatzfahrzeug komme gleich.

Die Polizisten glaubten mir erst, als ich das Fahrradschloß öffnete. Zwei Beamte mußten sich dem klingelnd ausbrechenden Biest in den Weg stellen. Ich schloß die Drahtschlaufe wieder um Vorderrad und Rahmen, wobei es mit dem wedelnden Hinterteil die Schienbeine der Beamten in Gefahr brachte. Es wurde mit mir in das Einsatzfahrzeug verladen. Während der Fahrt heulte ich und zitterte am ganzen

Leib. *Ich kapier das nicht, ich kapier das nicht, was ist mit den Autofahrern, sind Leute tot?* Die Beamten versuchten mich zu beruhigen. Tot sei keiner, und das Allermeiste sei nur Blechschaden, und ich könne ja offenbar nichts dafür. Dabei schien mir, als seien sie selber ziemlich durcheinandergeraten; wahrscheinlich hatten sie so etwas in ihrer Dienstzeit noch nicht erlebt.

In Untersuchungshaft kam ich dann trotzdem, und hier begann ich der Geschichte auf den Grund zu gehen. Meine Zellennachbarn auf beiden Seiten waren ebenfalls Radfahrer. Jupp auf einer Bundesstraße, mittig in Gegenrichtung, Arne auf der Autobahn Richtung Osnabrück, linke Spur in Schlangenlinien. *Ich hatte es gerade auf Vordermann gebracht,* sagte er. Mir kam etwas wie die Vorform eines Verdachts, ein ganz verrückter Einfall... *Auch geölt?* fragte ich, und er sagte: *Logisch, gehört doch dazu. - Ich hatte es auch geölt,* sagte ich, *mit diesem neuen Zeug, diesem Genoleum. - Sieh an, das hatte ich auch,* sagte Arne. Jupp erwachte aus einem Dämmerzustand, in den er sich nach dem Frühstück begeben hatte. *Genoleum, sagte er, dieses neue Zeugs, das hatte ich auch. Das erste Mal benutzt und dann das. Komisch, das erste, was ich bei meiner Festnahme dachte, war: Jetzt hast du das Fahrrad ganz umsonst geölt. - Genoleum, Genoleum,* murmelte ich. *Möcht wissen...* Jupp grinste. *Jetzt komm mir nicht mit dem denkenden Kettenöl oder so.* Arne wies ihn zurecht. Er solle nicht quasseln. *Genoleum. Ich hab das nicht gemerkt, aber klingt irgendwie nach Genetisch oder so. Und oleum heißt Öl. Gen-Öl. Igitt.*

Unsere Aussagen stimmten überein und waren anhand der Fahrradketten nachweisbar. Auch die Beamte, die uns festgenommen hatten, berichteten über das sonderbare Verhalten der Fahrräder. Andere Vorfälle im Umkreis größerer Fahrradläden bestätigten unseren Verdacht. Nach einer Woche waren wir frei, zwei andere Radfahrer in psychiatrischer Behandlung, etwa fünfzig Autofahrer schwerverletzt, acht weitere tot. Der Sachschaden wurde mit mehreren hunderttausend Euro beziffert. Genoleum, eine Mischung aus Mais- und Sojaöl mit besonders guter Haftfähigkeit, wurde in Deutschland aus dem Verkehr gezogen. Arne, Jupp und ich kauften von dem Schmerzensgeld, das wir von der Gentec erstritten hatten, neue Fahrräder, sehr teure aus ökologischer Produktion; wir schmieren jetzt nur noch mit kaltgepresstem Olivenöl aus dem Reformhaus.

Obwohl ich freigesprochen wurde, mache ich mir oft Vorwürfe. Die Bezeichnung *Genoleum* hätte mich doch stutzig machen müssen - dieser

Gedanke sucht mich jede Nacht heim, wenn ich vom Krachen der ineinanderrasenden Autos hinter mir aufwache. Auch tagsüber bin ich erheblich schreckhafter geworden. Übrigens erklärte mir kürzlich ein Landwirt, daß genetisch manipulierte Pflanzen sich mit anderen weiterhin paaren. Manipulationen werden also über kurz oder lang auch ökologisch bewirtschaftete Betriebe erreichen, ob wir es wollen oder nicht.

Eben rief Jupp an. Arne hatte einen Nervenzusammenbruch, als seine Freundin Maiskolben und Sojaschrot mitbrachte.

Genetisch einwandfrei

Die Geschichte begann, als ich ein kleiner Assistenzarzt war mit Restschulden beim BAFöGamt und dem Maß an Idealismus, das nach achtzehn Semestern noch zu erwarten ist. Ich hatte die Bedeutung des Wortes *unheilbar* bereits in verschiedenen grausigen Varianten kennengelernt, andererseits durchaus spektakuläre Heilungen miterlebt und sogar mitgestaltet. Ich benutze das Wort *gestaltet*, weil ich mehr und mehr der Überzeugung bin, daß ein Arzt ein Künstler ist, der einen defekten Körper zu einem funktionierenden ummodelt. (Bei einem Psychiater ist es der Geist, der umzumodeln ist. Das ist einfacher, weil Geist leichter formbar ist als Materie. Aber die Herren und Damen Kollegen von der Psychiatrie werden das niemals zugeben.)

Genetik hatte mich von Anfang an zuhöchst interessiert. Dazu muß ich sagen, daß ich farbfehlsichtig, Bluter und ziemlich schmächtig bin, alles genetisch festgelegte, unausweichliche Makel, Erbe meiner Ahnen, das ich nicht ausschlagen konnte. Als Versuche an Mikroorganismen ergaben, daß derartige Funktionsfehler womöglich vor der Geburt verhindert werden könnten, stürzte ich mich mit größtem

Eifer auf alles, was das Gebiet der Genetik, Gentechnik und Genverbesserung betraf.

Ich überschlage die abertausend winzigen Schritte bis zum heutigen Stand der Wissenschaft - Neugierige können sie in den Medizinjournalen der letzten zwanzig Jahre nachlesen und werden dabei häufig auf meinen Namen stoßen. Meinen Posten als Direktor des IGG, des Instituts für genetische Gesundheit, verdanke ich neben meiner Begabung nur meinem eisernen Fleiß.

Das Opfer, das jeder ernsthafte Wissenschaftler, vor allem aber der Arzt, bringen muß, ist das Privatleben. Tatsächlich war ich vor wenigen Jahren, als ich meinen jetzigen Posten antrat, sexuell noch so gut wie ungeprägt, von knabenhaften Peinlichkeiten abgesehen. Jedoch habe ich eine rege Phantasie. Ich gestehe, junge Mädchen auf der Schwelle zum Erwachsenwerden besonders anziehend zu finden. Sie sind so unverbraucht, so neu, so rein, so - heilig, möchte ich fast sagen. Gerade daher wage ich nie den ersten Schritt - und da solche Mädchen ihn auch nicht wagen, kam es zu gar nichts. Mein Ideal wäre eine erfahrene Frau, körperlich wie geistig geschult, im Körper eines unberührten Mädchens.

Nun zeigt die äußere Hülle meist nicht, wie gesund - oder krank - der Kern ist. So sieht man mir weder das mangelnde Urteilsvermögen meiner Augen noch die schwächliche Konstitution meines Blutes an, und meine Magerkeit wirkt auf manche Frauen anziehend. Die Tochter meiner Nachbarin leidet unter Mukoviszidose, und wenn sie nicht gerade von Hustenkrämpfen geschüttelt wird, sieht sie zum Entzücken aus mit ihrem zierlichen, wohlproportionierten Körper, dem lieben Gesichtsausdruck und den langen brünetten Locken. Noch unauffälligere und heimtückischere Krankheiten verschonen den Menschen lange Zeit – um ihn plötzlich, wenn er die Verwirklichung seiner Jugendpläne gerade vor sich glaubt, hinzuwerfen und zugrunde zu richten. Neben meiner angespannten Arbeit war es die stete Angst, einer Partnerin könnte dies Schicksal blühen, die mich von jeder ernsten Bindung abhielt.

So verliebte ich mich vor wenigen Jahren in eine bezaubernde Praktikantin. Sie sah aus wie eine Elfe, bewegte sich mit unbewußter Anmut, war erfrischend spontan und hochintelligent. Ich erwog, sie zu heiraten. Und dann nannte sie ein Reagenzglas mit Kaliumpermanganat *grün*. Schreckliche Erinnerungen tauchten in mir auf an den Spott der Klassenkameraden, wenn ich grünwangige Menschen auf roten Wiesen malte. Wie ich kurz darauf erfuhr, hatte sie von mütterlicher Seite den etwas zu weichen und dünnen Zahnschmelz geerbt, von väterlicher Seite eine Nervenschwäche, die ihre Hände bei Aufregung übermäßig zittern ließ. Ich trennte mich von ihr.

Immer wieder wurde ich auf ähnliche Weise darauf hingewiesen, daß die Natur ohne menschliche Hilfe sehr unvollkommen ist - nicht einmal die gesündesten ruralen Populationen sind von Erbkrankheiten verschont geblieben. Der Fluch der modernen Medizin ist gerade ihre große Macht, den einst Todgeweihten ein passables Leben trotz ererbter Gebrechen zu ermöglichen - und damit auch die Weitergabe der genetischen Defekte. Hier greift der Wissenschaftszweig, der mich von Jugend an so begeistert hat.

Wir sind heute so weit, Föten nicht nur auf Mißbildungen und Krankheiten zu untersuchen, sondern sie auch im frühesten Stadium durch Gentherapie erfolgreich zu behandeln. Die DNA wird aufgeschlüsselt, fehlerhafte Gene durch intakte, aus anderen Föten gewonnene, ersetzt. Zwar gelingt es dadurch nicht immer, alle Defekte zu vermeiden. Auch gibt es im jetzigen Stadium der Forschung noch einen Fehlerquotienten von fast zwanzig Prozent - in diesen Fällen werden aus bisher unbekannten Gründen die implantierten intakten Gene abgestoßen, so daß im Ergebnis nicht ein Gen fehlerhaft ist, sondern ein Gen fehlt. Solche Föten sind oft nicht lebensfähig oder schwer behindert und werden entsorgt. Ich bin jedoch zuversichtlich, daß hier innerhalb der nächsten fünf Jahre ein Weg gefunden wird. Bis dahin müssen wir mit dem Ausfall leben.

In den meisten Fällen führt diese Methode jedoch zum Erfolg. Allerdings haben wir noch lange nicht alle Möglichkeiten genetischer Fehler entdeckt; es geschieht öfter, daß ein Baby zwar vor einer Behinderung bewahrt wurde, jedoch andere Mißbildungen aufweist, die wir an der DNA des Fötus nicht bemerkt haben. Ich bin mir bewußt, daß die Forschung niemals abgeschlossen sein wird.

In den letzten Jahren aber habe ich einen Plan entworfen, der, wenn er in der Praxis funktioniert, die Menschheit vor den grausamsten Übeln bewahren wird und gleichzeitig meine größte Sehnsucht erfüllen kann. Noch fehlt mir die Genehmigung der Gesundheitsbehörde, um ihn zur Ausführung zu bringen; mit Ungeduld erwarte ich den Bescheid, der nicht nur mein

Leben, sondern das Leben der ganzen Menschheit ändern wird.

Der Plan wuchs in mir, als ich das Alterungsgen isoliert hatte. Die ungeheure Schwierigkeit, neben dem körperlichen Alterungsprozeß nicht auch an ebendieses Gen gekoppelte wichtige Eigenschaften zu vernichten, hatte ich in monatelanger Kleinarbeit überwunden. Einem glücklichen Zufall verdankte ich, daß gleichzeitig mein Kollege Türck die In-vitro-Fertilisation perfektioniert hatte. Anhand eines so genannten Gen-Cocktails (die Erstellung einer künstlichen DNA durch Kombination einzelner Gene verschiedener Vertreter einer Art) konnte er bereits einfache Lebensformen herstellen. Diese Quallen und Pilze, bald sogar Farne und Schachtelhalme, zeichneten sich durch ihre in der Natur nicht vorkommende Perfektion aus. Gleiches gelang endlich auch mit Mäusen und Meerschweinchen.

Die Türcksche Lebensform ist vollkommen erbgesund und makellos, aber sie ist dem natürlichen Alterungsprozeß unterworfen. Es war hochinteressant zu beobachten, wie Alterung vor sich geht, wenn sie nicht von der fortschreitenden Ausprägung genetischer Defekte begleitet wird. Der Tod gewinnt dadurch eine eigene Ästhetik; er wird zu einem langsamen Verlöschen ohne wesentliche unangenehme Begleiterscheinungen. Aber ich wollte mehr!

Türck war begeistert von meinem Vorschlag. Wir verbrachten Monate gemeinsam im Labor. Kürzlich konnten wir der Öffentlichkeit die Türck-Lauersche Lebensform vorstellen. Es ist ein weibliches Meerschweinchen, vollkommen gesund - und unsterblich. Der Gedanke, daß Türla - wie wir unser Meerschweinchen nannten - Generationen von Wissenschaftlern in unserem Institut überleben wird, macht mich glücklich. Türck sagte in einer Rede, dieses Meerschweinchen habe uns beiden gewissermaßen Anteil an der eigenen Unsterblichkeit verliehen. Und Türla ist erst der Anfang.

Die Genehmigung steht uns ins Haus. Dann wird es den ersten Türck-Lauerschen Menschen geben. Es ist eine Frau, brünett, zierlich, hellhäutig, intelligent, humorvoll, musikalisch... Türck hat sie nach meinen Angaben gestaltet; sie liegt noch auf Eis. Wir haben zu ihrer Gestaltung mehr als siebzig überschüssige Embryonen aus künstlichen Befruchtungen benötigt, denen wir in monatelanger Arbeit positive Gene entnahmen. Diese pflanzten wir dem Ausgangsembryo anstelle seiner minderen Gene ein. Die ungeheuren Kosten wurden dabei etwas gemindert durch den Verkauf der verwendeten Embryonen an die Hirnchirurgie, wo Parkinson-Patienten und Epileptiker mit der Schwarzen Substanz aus dem Gehirn dieser fehlerhaften Winzlinge therapiert werden.

Der fertiggestellte Embryo wird vom Einzeller zu einer jungen Frau heranwachsen, wird nur gute Eigenschaften zeigen, wird unendlich viel lernen und dabei ewig siebzehnjährig bleiben. Ich werde sie auf mich prägen. In meinem fünften Lebensjahrzehnt wird sie ausgewachsen sein, und ich werde endlich die Erfüllung meiner Sehnsüchte finden.

Türck liebt den dunkleren Typus. Eine passende DNA hat er bereits in einen Fötus verpflanzt. Weihnachten steht vor der Tür; dann werde ich dem zweiten Türck-Lauerschen Mädchen das Alterungsgen entnehmen.

Fünfmal Sterben

Einmal war ich ganz nah dran. Da war ich mir selbst so fern, daß ich keine Erinnerung daran behalten habe außer unsicher schwankenden Gefühlen und dem langen Schmerz, als es mich für diesmal gelassen hatte, und außer einer kleinen Mahnung, die ich zweimal täglich in Tablettenform zu mir nehme.

Im Zoologischen Garten, an einem warmen, strahlenden Tag. Die Goldstaubmangusten spielen in ihrer Grube, eine kommt von einem Ausflug durch die Menschenwege zurück, ein paar dösen unter der Rotlampe. Ein Wärter stellt die Futterkarre neben die Grube, klatscht in die Hände, *ksch ksch,* scheucht die Tiere auf die ferne Seite der Grube, springt hinein. Eine flitzt irr in die falsche Richtung. Der Wärter versucht umsonst, im Sprung die Richtung zu ändern. Er trifft die Manguste mit vollem Gewicht. Sie quiekt einmal auf. Der Wärter flucht, weint beinah. Er versucht, das Tier zu greifen; es läuft überraschend schnell auf die höhergelegene Plattform unter der Rotlampe. Dort liegt es ganz still und atmet hastig. Der Wärter radelt fort. Die anderen Mangusten kommen aus den Schlupflöchern unter die Rotlampe, hocken im Kreis um das verletzte Tier und stupsen es ganz zart mit den Nasen. Es zittert.

Alle Mangusten sind still, keine wendet das Gesicht von der Sterbenden. Der Wärter kommt mit dem Tierarzt. Der steigt in die Grube, streichelt die Manguste. Die anderen Mangusten laufen nicht weg. Der Tierarzt schüttelt den Kopf, nimmt das Tier und legt es auf seinen Fahrradhänger. Dann fährt er fort. Die anderen Mangusten zerstreuen sich langsam.

*

Auf dem dörflichen Bahnhof saß an einer zerbröckelnden Wand ein Amselweibchen. Das Gefieder war glanzlos und struppig. Den Kopf hatte die Amsel eingezogen, die Augen klappten auf und zu. Der Schnabel stand offen. Ich ging auf das Tier zu. Es bewegte sich nicht. Ich streichelte das aufgeplusterte Gefieder. Die Amsel ruckte den Kopf ein wenig zur Seite und wieder nach vorn. Ich krümelte einen Keks in die Hand und bot ihn der Amsel an. Sie merkte es nicht. Ich trat zurück. Die Amsel begann, den Kopf ruckartig nach den Seiten zu drehen. Sie zitterte. - Man müßte ihr helfen, sagte ich zu einer Frau, die ebenfalls dem Vogel zusah. - Dem ist nicht mehr zu helfen, sagte sie. - Das meine ich nicht, sagte ich. Man müßte, na, sie quält sich doch. Man müßte sie totmachen. - Können Sie das etwa, sagte die Frau. - Nein. - Ich auch nicht. Aber sie quält sich. - Man müßte.

Eine Weile schwiegen wir beide. Die Amsel stieß jetzt kleine knackende Laute aus, sehr leise und regelmäßig. Die Flügelspitzen berührten den Boden. - Ich glaube, die merkt nichts mehr, sagte die Frau. - Hoffentlich, sagte ich. Die Frau ging. Ich sah der sterbenden Amsel zu, bis der Zug einrollte. Auf dem Weg überlegte ich, ob ich das Tier nicht doch hätte töten sollen. Aber ein Gewehr hatte ich nicht, und erschlagen - dazu konnte ich mich nicht überwinden. Und schließlich soll die Amsel ihren eigenen Tod sterben.

*

Ich arbeitete in der Teeküche eines Krankenhauses. Die Patienten sah ich, wenn ich das Essen brachte. Wenn ein Bett frei wurde, wußte ich oft nicht, ob der Patient tot, verlegt oder entlassen war. Von manchen wußte ich, daß sie an dieser Krankheit sterben würden. Andere zahlten am Tag ihrer Entlassung etwas in die Kaffeekasse. Ein Mann war schwerkrank und fast immer gutgelaunt. Auf dem Unterarm trug er eine Nummer. Ich fand seine Entlassung gerecht.

Die Essensreste trug ich dreimal täglich in den Schweineeimer auf dem Hof. (Wir sagten *Schweineeimer*, obwohl die infizierten Reste bestimmt kein Tierfutter wurden - so sagte man jedenfalls.) Dazu benutzte ich den Lastenaufzug am Ende des Ganges. Einmal sah ich, wie aus einem Einzelzimmer das Bett in diesen Aufzug geschoben wurde. Die Frau war mit einem Laken bedeckt. Sie war alt und leidend gewesen, und nun war sie tot. Aber ich dachte nur an den Schweineeimer.

*

An einer Bushaltestelle nahe der Friedenauer Kirche warten drei alte Menschen. Ein Mann und eine Frau stehen besorgt neben einem schlaff sitzenden Mann. Sie sagen, er sei plötzlich ohnmächtig geworden. Ich lege den Mann behutsam auf den Boden und spreche ihn an, klapse ihn auf die Wange, spreche lauter. Er rührt sich nicht. Ich fühle den Puls. Er geht schwach. Auf dem Bauch spüre ich die flache Atmung. Der andere Mann hat einen Krankenwagen gerufen. Wir warten. Der Bewußtlose sieht entspannt und friedlich aus. Ein junger Mann kommt. Er überprüft Puls und Atmung. Beides sei, sagt er, nicht spürbar. Er versucht, den Mann wiederzubeleben. Die Handballen stoßen in die Herzgegend, fünfmal, dreimal beatmen, immer im Wechsel. Ich stehe verwirrt. Er macht seine Sache sicher richtig. Aber ich habe Puls und Atmung gefühlt. Ich habe gefühlt, was ich zu fühlen wünschte. Der Krankenwagen kommt. Der Alte wird verfrachtet, der Versuch der Wiederbelebung fortgesetzt. Der Wagen wackelt.

Ich gehe zu Beate. Erzähle. Trinke sehr viel Espresso. Bitter und nervtötend. Gehe zurück und sehe den Sanitätswagen immer noch rhythmisch wackeln. Eine halbe Stunde später. Der Mann ist endgültig tot, die Versuche sind jetzt sinnlos. Aber ich habe Puls und Atmung gefühlt. Habe sie fühlen wollen. Habe um nichts in der Welt diesen Mann wiederbeleben müssen wollen. Denn er war alt, und er ist ohne Schmerzen und ohne langwierige Behandlung gestorben, an einem sonnigen Tag, auf dem Weg nach Hause oder auf dem Weg irgendwohin, nach einem langen Leben, in Berlin-Friedenau. Soll er doch tot sein dürfen.

Mahlzeit

Ich füttere die Spatzen vor der Bäckerei mit Krümeln meines Rosinenbrötchens; man soll es nicht, aus mancherlei Gründen, aber sie sind so niedlich. Drei junge Eichelhäher sehe ich vom Balkon ihre taumelflatterigen bodennahen Flugversuche unternehmen. Das Gefieder ist schon so prächtig wie das ihrer Eltern, die weiter oben spektakelnd drohen und Katze und Fuchs von ihren Kindern fernhalten.

Die Sperlinge zetern; *tschick tschick* bilden sie einen breiten Ring um einen Eichelhäher. Er rettet sich auf den tiefen Balkon eines Altbaus, läßt sich auf einem Blumenkasten nieder, um seine Beute fester zu packen. Es ist ein Sperling. Der Häher fliegt wieder auf, den Spatz in den Krallen, flieht vor der Meute in eine hohe Eibe. Die Sperlinge versammeln sich auf der anderen Seite der schmalen Straße und zetern von ferne weiter.

Der Häher steht auf einem starken Ast nahe am Stamm, vom dichten Dunkelgrün der Nadeln beschirmt. Das Beutetier mit drei Klauen auf den Ast gepreßt, beginnt er, es mit dem Schabel zu rupfen – flink, nicht hastig, konzentriert, routiniert. Ein helles Gicks, dann fällt der Kopf des Sperlings zurück und hängt schlaff über den Ast. Der Häher rupft ihm die Brust kahl. Dann steht er kurz sehr aufrecht, sieht sich um, scheint zufrieden. Nun beginnt er, kleine Stücke aus dem Sperling zu hacken. Nach jedem Hacken richtet er den Schnabel nach oben und läßt das Stück Sperling durch seine Kehle gleiten. Das geht sehr schnell.

Der Sperling ist halb ausgehöhlt, und der Häher muß die Stellung wechseln, um seine Beute noch festhalten zu können. Dann hackt und schluckt er mit unvermindertem Eifer weiter. Das Rückgrat ragt zwischen Rücken und Flügeln vor wie aus einer grauen, innen rot bemalten Schale. Der riesige Schnabel fuhrwerkt rechts und links davon in größerer Hast. Fetzen des Balges taumeln zu Boden.

Der Häher legt das rote Rückgrat bedachtsam auf den Stammansatz eines Astes, die zusammenhängenden Beine auf den Stammansatz eines anderen. Dann blickt er sich noch einmal nach allen Richtungen um. Er scheint zufrieden. Die Sperlinge schweigen. Der Eichelhäher fliegt fort.

Es ist Sonntag. Ich wollte noch Mittag kochen, aber das lasse ich nun bleiben. Ich kann auch abends essen.

Onkel Walter

Onkel Walter schreibt.

Das wäre ja nicht schlimm, wenn nicht die Familientreffen wären: Neujahr, Ostern, Pfingsten, Erntedank, 1. Advent. Fünf im Jahr, an denen nicht teilzunehmen mit nörgeligen Anrufen schlechtgelaunter Verwandter während der folgenden Woche bestraft wird. Nicht ans Telefon gehen verschiebt die Strafe nur. Also besuche ich die Familientreffen, auch wenn sie mich vom Studium abhalten und ich mir bei diesen Zusammenkünften überflüssig und fehl am Platz vorkomme, seit ich einmal auf Onkel Walters Frage „Was machst du denn in deinem Studentenleben?" ehrlich geantwortet habe. Voller Begeisterung habe ich von dem gesprochen, was mich fasziniert - habe gesagt, wie einzigartig schön die reine Mathematik ist und wie gerne ich studiere, wie sehr ich hoffe, nach dem Studium an der Uni zu bleiben. Es löste Befremden aus, und ich wurde nie wieder irgendetwas gefragt.

Auf jedem dieser Familientreffen sagt beim Kaffee jemand: „Walter hat sicher wieder einige Perlen der Dichtkunst darzubieten!" Dann sagt Onkel Walter in einem Ton, der deutlich macht, wie sehr er hierauf gewartet hat: „Ja nun, die

Muse lässt mir keine Ruhe! Dann werde ich mein bescheidenes Werk mal darbringen." Und dann liest er, eine halbe Stunde mindestens, Gedichte vor. Gedichte, die sich stets reimen, meist in Zweizeilern gehalten sind und meist scherzhaft. Da reimt sich dann Herz auf Schmerz, Liebe auf Triebe und - zu Ostern - Hase auf Nase. Manchmal sagt Onkel Walter auch mit verschleierter Stimme: „Es geht ja nicht allen so gut wie uns!" und liest etwas vor, wo sich Leid auf Streit reimt und Frieden auf hinieden.

Unsern Dichter nennen die anderen Verwandten ihn und tupfen sich die Augenwinkel ab. Seit zwei Jahren sagen sie sogar „unser großer Dichter", weil Onkel Walter ein Gutteil seiner Rente ausgegeben hat, um ein Buch zu veröffentlichen. Mir hat er es geschenkt - „Unsere kluge junge Dame gehört ja noch nicht zu den Wohlhabenden", sagte er und fügte mit einem beinahe mitleidigen Kopfschütteln halblaut hinzu: „Mathematik", was heißen sollte: *Das alberne Gänschen studiert überflüssiges Zeug* - und ich mußte höflich danken. Alle anderen in der Familie haben ihm eines abgekauft. Ich weiß nicht, ob er weitere Exemplare losgeworden ist.

An den Abenden nach den Familientreffen lese ich Georg Trakl, Friedrich Hölderlin und Gottfried Benn, um mich zu trösten, und am Morgen danach versöhnt mich die wunderbare Klarheit mathematischer Strukturen mit dem Leben.

Aber wenn er noch einmal reimt, werde ich ihm Mutters geblümte Kaffeekanne an den Kopf werfen. Bestimmt. Und dann werde ich, während Onkel Walter in einer Mischung aus bunten Porzellanscherben, schwarzem Kaffee und Blut verständnislos jammernd steht, umringt von jammernd verständnisloser Sippe, laut und klar Hölderlin deklamieren:

Schön, o schön sind sie! die stille Freuden,
Die der Toren wilder Lärm nicht kennt,
Schöner noch die stille gottergebne Leiden,
Wann die fromme Träne von dem Auge rinnt.

Das Amt

Sehr geehrte Frau Sperlich,

im Rahmen Ihrer Mitwirkungspflicht werden Sie ersucht, sich am Montag, 3. März 2014 um 12.15 Uhr im Amt für Weiteres, Meisenheimer Straße 42, Zimmer 327, einzufinden.

Bei Nichterscheinen sind wir gezwungen, Ihre Bezüge zu streichen, Ihr Konto zu pfänden und Ihren Mietvertrag zu kündigen.

Mit freundlichen Grüßen

i.A. Hellenpohl

Amt für Weiteres, so stand es da. Ich war geneigt, es für einen Scherz zu halten, aber das Schreiben wirkte so seriös. Allerdings waren weder Mailadresse noch Telephonnummer angegeben. Im Internet fand ich kein Amt für Weiteres, auch nicht im Telephonbuch. Immerhin fand ich die Meisenheimer Straße am äußersten Stadtrand. Ich beschloß, zu gehen. Auf meinem Konto waren stolze 112 Euro, um die es schade wäre, und die Wohnung würde ich auch nur ungern vermissen.

Das Industriegebiet lag ein gutes Stück außerhalb der Stadt. Lagerhallen und Bürohäuser, langweilig funktionale Architektur, regenfleckiges Grauweiß. Der Himmel bezog sich entsprechend. In den Asphaltrissen welkte Löwenzahn. Hinter keinem Fenster sah ich Licht, die Straßen waren leer.

Zwischen zwei Lagerhallen trug ein verschnörkelter gußeiserner Pfahl ein Emailleschild mit der Aufschrift *Meisenheimer Straße*. Der schmale Durchgang öffnete sich auf eine kopfsteingepflasterte Straße, gesäumt von drei- bis vierstöckigen dicht aneinander gebauten Häusern mit üppiger, aber bröckelnder Stuckatur, holzgerahmten Sprossenfenstern und mit Schnitzwerk versehenen Türen. Alle Fenster waren dunkel, ich sah keinen Menschen und auch sonst keine Lebewesen. Die gußeisernen Laternen warfen gelbe Lichtflecken um sich, bis auf die, deren Scheiben zertrümmert, deren Glühstrümpfe ausgeglüht waren.

Nr. 42 stand über einer schweren Doppeltür mit Messingbeschlägen. In einem Stuck-Wappenschild stand in verschnörkelter Schreibschrift: *Amt für Weiteres.* Die Tür war unverschlossen.

Der Eingang war ganz in weißem, lange nicht gereinigten Marmor gehalten. Einen Aufzug gab es nicht; einige Stufen führten auf den Flur im Hochparterre. *Raum 001-027* stand auf der vergilbenden Wand mir gegenüber. Die Wand schien sich mir entgegenzuwölben, mir war etwas schwindlig. Zu beiden Seiten war der Flur durch aktendeckelgraue Wände geteilt; die Farbe blätterte ab und zeigte den vorigen Anstrich in sattem Florentiner Rot. Schwere, schmucklose, eichendunkle Holztüren mit Messingknäufen fügten sich bündig ein. Ich öffnete die rechte Tür. Irgendetwas schien auch hier mit der Perspektive nicht zu stimmen. Links ragte aus der glatten Wand ein gußeiserner einarmiger Leuchter, rechts trugen sechs Türen querovale Emailleschilder mit den Nummern 001 bis 006. Geradeaus war der Flur wieder von einer vergilbenden, einst florentinerroten Wand geteilt.

Der nächste Flurabschnitt glich diesem, nur daß hier sieben Türen auf die gleiche Flurlänge verteilt waren, die Nummern 007 bis 013. Der folgende Abschnitt trug die Türnummern 014 bis 020, der fünfte Abschnitt Nummer 021 bis 027. Einen Aufgang oder gar Aufzug hatte ich noch nicht gefunden, ging durch die nächste Tür und stand wieder in dem Flurabschnitt über der Eingangstreppe. Im Treppenhaus schaute ich noch einmal genau nach einem Aufgang, fand keinen und ging wieder zurück. Die numerierten Türen waren alle verschlossen. Gegenüber von Zimmer 024 entdeckte ich schließlich eine bündig in die Wand gearbeitete Tür, in Wandfarbe gestrichen, mit wandfarbenem Knauf. Sie war tatsächlich leicht gewölbt.

Sie ließ sich zur Flurseite öffnen. Ich stand in einem bläulich erleuchteten runden Treppenturm. Eine spiralförmige Treppe, gänzlich aus ornamentalem Gußeisen, wand sich drei weitere Stockwerke hoch um eine großzügige Lichtspindel. Das Licht fiel durch eine chartreuxblaue Glaskuppel. Die Innenwand des Turmes war vollkommen glatt vergipst. Die geschlossene Tür war kaum zu erkennen.

Ein Blick auf das Mobiltelephon zeigte mir, daß ich noch gut eine halbe Stunde Zeit hatte, und ich stieg etwas beklommen, zugleich von der Architektur begeistert, ins dritte, oberste Stockwerk. Nun konnte ich die Kuppel deutlich erkennen. Gußeiserne Bänder bildeten eine regelmäßige fünfblättrige Blüte mit rundem Blütenboden im Zenit der Kuppel. Zwischen den Blütenblättern verliefen breite Streben, die Aufschriften in strengen Majuskeln trugen.

Es wurde plötzlich sehr hell, die Wolkendecke mußte aufgerissen sein, und es war Mittag: eine blaue Lichtsäule füllte die Treppenspindel. Die erhaben gearbeiteten Majuskeln glänzten. Die über der Tür endende Strebe trug die Worte

ERITIS SICVT DEVS SCIENTES BONVM ET MALVM

Ich bin immer froh, wenn ich meine Latein-kenntnisse anwenden kann. *Ihr werdet sein wie Gott und wissen, was gut und böse ist.* Und das in einem Amtsgebäude – ich ahnte schon längst, daß der Herr der Fliegen ein Bürokrat ist.

Im Uhrzeigersinn las ich weiter:

CONSVRREXIT AVTEM SATAN CONTRA ISRAEL

CVNCTA QVÆ HABET DABIT HOMO PRO ANIMA SVA

INVIDIA DIABOLI MORS INTROIVIT IN ORBEM

SOLVETVR SATANAS DE CARCERE SVO

Behördenlatein hatte offenbar eine höhere Qualität als Behördendeutsch, aber besonders vertrauenerweckend war es nicht. Ich öffnete die Tür und fand mich in einem Flurabschnitt, der denen unten genau glich, nur daß die Nummern hier 327 bis 321 lauteten. Auf mein

Klopfen an der Tür 327 geschah nichts. Mein Mobiltelephon zeigte 12.14. Ich trat ein.

Einen Menschen oder sonst ein Lebewesen sah ich nicht, aber das Zimmer war mehr als einen Blick wert. Gepflegtes Parkett, darauf zwei Orientteppiche. Ein mächtiger Schreibtisch aus Mahagoni, auf der zur Tür gewandten Stirnseite in handgroßen Elfenbeinintarsien die Buchstaben ESD. Hinter dem Schreibtisch ein Fenster, fast so breit wie die Wand, der dunkle Holzrahmen ohne Ecken und Kanten, als sei der Architekt unschlüssig gewesen, ob er ein Rechteck oder ein Oval wollte. Die trotz ihrer Größe ununterteilte Scheibe war staubig und ließ das Sonnenlicht in Balken herein. Der Himmel war nun völlig klar.

Ein schlichtes dunkelgebeiztes Bücherregal nahm die vom Flur aus rechte Wand ein. In seiner Mitte stand ein einziges Buch – ein in florentinerrotes geprägtes Leder gebundener Foliant mit einem goldenen Kreis auf dem Rücken. Das Fenster war breiter als die Türseite; die vom Flur aus rechte Wand bildete mit der Fensterseite einen spitzen Winkel. Sie war leer bis auf ein in der Mitte hängendes goldgerahmtes Ölbild. Es zeigte ein in Rot- und Gelbtönen gehaltenes Jahrmarktskarussell vor schwarzem Hintergrund. Eine von einem Pferd gezogene offene Kutsche, ein ungesatteltes Pferd, ein gebeugt gehender Mann in dürftiger Kleidung, ein gesatteltes Schwein.

Niemand kam. Ich überprüfte die Uhrzeit auf dem Mobiltelephon und dem Brief. Nun bemerkte ich ein Wasserzeichen auf dem Brief, die Buchstaben ESD und darunter das Wort EXPLICA. Erkläre.

Ich setzte mich an den Schreibtisch. Der Stuhl war eine schöne, schlichte Arbeit um 1900 mit Lederpolster. Ich nahm einen Drehbleistift aus der Stiftablage und kritzelte auf den Brief.

Esel sind dumm – nein, das konnte nicht gemeint sein. Einzelne Socken deprimieren. Einige Sorgen drücken. Etwas schneller denken! Das war ein nettes Spiel, aber es konnte nicht so gemeint sein. Ich versuchte es mit Latein.

essentia sit diabolo, das Wesentliche gehöre dem Teufel. – *erudituli satiant dæmona*, die Halbgebildeten sättigen den Bösen. – *elucet Satanas die*, Satan zeigt sich herrlich. Keine netten Sätze, aber immerhin geschah etwas. Als ich aufblickte, stand ein Herr im Zimmer.

Ein hagerer, amüsiert blickender Herr um die Vierzig in einem hellgrauen Cutaway, einem silbergrau glänzenden Halstuch mit lockerem Krawattenknoten, hochweißem Hemd, hellgrauen Gamaschen über den schwarzglänzenden Schuhen, im Knopfloch eine weiße Nelke. In der Linken hielt er lässig einen silbergrauen Zylinder. Auch die Augen waren grau, und das Haar – wobei ich für möglich hielt, daß er das Haar in geckenhafter Laune hatte färben lassen.

„Nicht schlecht", meinte er mit einer Kopfbewegung in meine Richtung. „*elucet Satanas die,* ja, das kommt mir schon recht nahe."

Ich stand auf. „Entschuldigen Sie, aber was soll ich hier eigentlich? Ich habe keine Ahnung, was dieser Brief bedeutet." „Zu dem Brief kommen wir später", antwortete er mit leisem Lächeln. „Zunächst hätte ich eine kleine Aufgabe für Sie."

Mir wurde unbehaglich. „Was soll das? Ich bin durch diesen Behördenbrief hierher bestellt worden, jetzt will ich wissen, was ich hier soll."

„Vor allem ging es uns darum, daß Sie kommen. Dieser Brief ist, ich gebe es zu, eine kleine List gewesen, um Ihr Kommen sicherzustellen. Wir wissen um Ihre Furcht vor Behörden. Daß Sie übrigens der Aufforderung zur Entschlüsselung

56

des ESD nachgekommen sind, selbständig und kreativ, nebenbei, wird als mit Bravour bestandener Eignungstest gewertet."

Ich mühte mich, halbwegs ruhig zu bleiben. „Ich habe keine Zeit für Spielchen. Was wollen Sie?" Der Mann lächelte schmallippig. „Ich mache Ihnen ein Angebot. Wir suchen einen kompetenten Mitarbeiter für die Kundenakquise, und wir wissen, daß Sie - nach einer kleinen Zeit der Einarbeitung - bestens dafür geeignet sind."

„Kundenakquise? Darf ich wissen, wofür?"

„Wir sind ein Dienstleistungsunternehmen mit langer Tradition. Wir bieten Vergnügungen, kulturelle Veranstaltungen, den kleinen und den großen Luxus, alles vom Schrebergarten bis zur Luxusyacht zu äußerst günstigen Konditionen. Zur Zeit expandieren wir sehr stark, besonders die deutschen Zweigstellen. Wir konzentrieren uns nun auf die Akquise eines Kundentyps, der unter unseren Stammkunden eher selten ist."

„Ich verstehe nicht, wie Sie auf mich gekommen sind. Akquise gehört wirklich nicht zu meinen Fähigkeiten."

„Oh, unterschätzen Sie sich nicht. Gerade Sie sind geeignet! Wir wissen, daß Sie viel mit älteren Leuten eines bestimmten Zuschnitts umgehen, und auch, daß Sie überzeugend wirken. Nun bieten wir Ihnen eine überdurchschnittlich bezahlte, unkündbare Stelle, ja, unkündbar! - wenn Sie sich bereit erklären, diese Menschen in unserem Sinne zu beraten."

„Was meinen Sie mit „bestimmtem Zuschnitt"? Und was mit Beratung?"

„Nun, ich meine Ihre..." Er wand sich ein wenig. „Ihre, hm, *Gemeinde*." Einen Augenblick lang wirkte er angestrengt und fuhr fort: „Bestimmte Vorgänge werden ja in diesen Gemeinden nur unter vier Augen besprochen, wenn man das so sagen darf bei Menschen, die sich dabei nicht in die Augen schauen." „Sie meinen die Beichte?" Er verzog das Gesicht. „Ja, genau diese Einrichtung." „Und was soll meine Rolle dabei sein?" „Lassen Sie gegenüber jenen Menschen durchklingen, daß es Alternativen dazu gibt. Nennen Sie dabei gesunde und erfreuliche Dinge, Sport, Spaziergang, Musik – und betonen Sie die positive seelische Wirkung dieser Sachen. Seien Sie dabei freundlich und ernst – und betonen Sie, wie gut Ihnen diese Maßnahmen tun."

Ich holte tief Luft zu einer energischen Antwort, aber er schnitt mir das Wort ab:

„Ich verstehe Ihr Zögern. Aber Sie sollen Ihre Arbeit ja nicht umsonst tun. Wir bieten, wie gesagt, eine unkündbare Stelle, ein weit überdurchschnittliches Gehalt, alle Annehmlichkeiten, die Sie sich wünschen. Nach der Einarbeitungsphase werden Sie viel reisen, Reisekosten erstatten wir natürlich, und wir gewähren Fortbildung, besonders in Sprachen und Computertechnik, aber auch auf fast allen anderen Gebieten."

„Und was außer der Akquise sind meine Pflichten?"

„Loyalität und gelegentlich auch die Bereitschaft zu Überstunden. Vor allem aber unbedingte Loyalität! Wir erwarten das von unseren Mitarbeitern, sind im Gegenzug selbst loyal. Ich darf mich rühmen, noch nie einen Mitarbeiter entlassen zu haben."

Trotz meines Unbehagens wurde ich neugierig. Eine unkündbare Stelle wird nicht täglich geboten. Um Zeit zu gewinnen, sagte ich: „Das klingt interessant. Ich habe allerdings in der Akquise keine Erfahrung." Dabei fiel mein Blick auf das Bild mit dem Karussell. Auf dem Sockel war eine Inschrift, die ich vorhin nicht gesehen hatte –

orange auf goldgelb, ich konnte es von meinem Standort nicht erkennen.

„Entschuldigen Sie, ich interessiere mich für dies Bild. Darf ich einen näheren Blick darauf werfen?" Der Mann lächelte erfreut. „Gerne. Es ist ein Geschenk eines Kunden. Wir haben zahlreiche Künstler unter unseren Kunden."

Ich trat nah an das Bild und las leise:

HÆC TIBI OMNIA DABO SI CADENS ADORAVERIS ME.

Und zwischen der Tür und mir stand dieser Mann.

Das ging entschieden zu weit. Ich gab vor, nach einem Stift in meiner Handtasche zu kramen, und griff stattdessen mit Daumen und Zeigefinger nach dem Rosenkranz. „Hæc tibi dabo", sagte ich freundlich.

Er schrie nicht, wurde keine Rauchwolke und keine Ratte, aber er trat mit einem bedauernden Achselzucken von der Tür weg. Ich ging im Sturmschritt nach links, öffnete die Tür zum nächsten Flurabschnitt und trat ins Leere.

In einem Augenblick nahm ich wahr, wie der Rosenkranz sich tastend zur Seite bewegte und sich an einem aus der Wand ragenden Leuchter festhakte. Es fühlte sich an, als würde mein rechter Arm am Schultergelenk abgerissen – aber Arme reißen nicht leicht. Ich baumelte im zweiten Stock knapp unter dem Punkt, wo eine Decke hingehörte und nicht war, an einem Schnörkel der gußeisernen Wandleuchte, um mich herum glatte Wand und sehr weit unter mir der Marmorboden der Eingangshalle. Während ich mich noch fragte, warum der Rosenkranz nicht gerissen war, wurde ich ein winziges Stück angehoben, als er sich loshakte. Nun fiel ich weiter – aber ich fiel *langsam*. Genaueres weiß ich nicht.

Als ich zu mir kam, lag ich auf dem Boden des ersten Stockwerkes. Den Rosenkranz hielt ich immer noch in der Hand. Meine erste Empfindung läßt sich mit „Huch!" zusammenfassen, die zweite war ein heftiger Schmerz im rechten Unterarm. Die Hand schwoll rasch an. Mit der Linken pflückte ich den Rosenkranz von den unbeweglichen Fingern und rappelte mich auf. Einen derben Fluch konnte ich gerade noch verschlucken. Ein beschämtes „Danke..." brachte ich zuwege.

Die Marmortreppe war noch dieselbe. Ich humpelte sie herab, ließ das Gebäude hinter mir und stellte fest, daß außer dem gebrochenen Arm, einigen heftigen Prellungen und Blutergüssen nichts geschehen war.

Dies alles will ich dir geben, wenn du niederfällst und mich anbetest. Und das auf einem Karussell, ich wußte immer, daß die Dinger nicht geheuer sind. Auf das Niederfallen hatte man offenbar bestehen wollen.

Meisenheimer Straße und Industriegebiet lagen unverändert unter grauem Himmel. Die Bushaltestelle war genauso langweilig wie auf dem Hinweg. Der Busfahrer war nicht im Mindesten dämonisch. Eigentlich war alles ganz normal, wenn man davon absah, daß mein Arm schrecklich wehtat, daß mich um ein Haar der Teufel geholt hätte und daß er es für notwendig hielt, sich um die alten Schachteln in Wilmersdorfer Kirchengemeinden zu kümmern. ESD, fiel mir ein, konnte stehen für ERITIS SICVT DEVS. Die alten Schachteln. Ihr werdet sein wie Gott. Es mochte einen Zusammenhang geben.

Fragen nach einem Amt für Weiteres führten ins Leere. Falls Sie je einen Termin haben in einem Gebäude mit regelmäßigem fünfeckigem Grundriß und einem mittigen Treppenturm,

lernen Sie Latein und halten Sie Ihren Rosenkranz bereit. Jahrmärkte sollten Sie meiden,
besonders nachts.

Die Hölle ist ein Karussell auf schwarzem Grund.

Gen. 3,5 Eritis sicut Deus scientes bonum et malum –
Ihr werdet sein wie Gott und wissen, was gut und
böse ist.

1 Chr. 21,1 Consurrexit autem Satan contra Israel et
incitavit David, ut numeraret Israel - Und Satan
stand auf wider Israel und reizte David, Israel zählen
zu lassen.

Hiob 2,4 Pellem pro pelle et cuncta, quae habet,
homo dabit pro anima sua - Haut für Haut; und alles,
was der Mensch hat, gibt er für sein Leben.

Weish. 2,24 Invidia autem Diaboli mors introivit in
orbem terrarum - Doch durch den Neid des Teufels
kam der Tod in die Welt.

Offb. 20,7 Et cum consummati fuerint mille anni,
solvetur Satanas de carcere suo – Und wenn die
tausend Jahre vollendet sind, wird der Satan aus
seinem Gefängnis losgelassen werden.

Weihnachtsfeier mit Autorenlesung

Als Lydia mir erzählte, der Rotary-Club habe sie zu einer Lesung auf einer Weihnachtsfeier eingeladen, war meine amüsierte Antwort: „Verlang viel Geld". Das hatte sie bereits getan, und es war ihr zugesagt worden.

Wir sahen uns vorher noch einige Male, sie war aufgekratzt und freute sich auf die Lesung aus ihrem neuen Buch. Als sie am Abend vor dem Auftritt anrief, um ihr Lampenfieber zu überspielen, versicherte ich ihr, sie werde bestimmt gut sein, und wünschte ihr aufmerksame Zuhörer.

Lydia meldete sich nicht, als ich sie am folgenden Tag anrief. Sie meldete sich überhaupt nicht mehr. Vor ihrer Wohnung standen kurz darauf mehrere Umzugswagen. Lydia blieb verschwunden, und obwohl unsere frotzelig-kollegiale Freundschaft eher unverbindlich gewesen war, war ich besorgt und etwas gekränkt.

Ich schrieb weiter an einem dystopischen Roman, nebenher einige nette Kurzgeschichten von der Art, wie ich gar nicht mag, aber man bekommt für so etwas auf Veranstaltungen ein bißchen Geld, und irgendwie muß ich ja die Druckerkartuschen für den dystopischen Roman bezahlen.

Gelegentlich dachte ich an Lydia, einige Male griff ich zum Telephon, um sie nach ihrer Meinung zu einer Formulierung zu fragen, entsann mich aber immer rechtzeitig, daß das nicht mehr sinnvoll war.

Im Advent bekam ich einen Anruf vom Rotary-Club. Für die traditionelle Weihnachtsfeier der Rotary-Mitglieder suche man noch einen Programmpunkt, Literatur, irgendetwas Passen-des zum Fest, man habe von mir gehört. Ich sagte meinen Preis, was so selbstverständlich hingenommen wurde, daß ich mich ärgerte, nicht mehr verlangt zu haben. Dann sagte ich so beiläufig wie möglich: „Soweit ich weiß, haben Sie ja letztes Jahr Lydia Bleyle engagiert." Die Dame am anderen Ende meinte vollkommen kühl und unbeteiligt, das müsse wohl ein Irrtum sein.

Ich kam nicht dazu, mich gebührend zu wundern; der Termin stand nah bevor, ich stellte einige passende Geschichten zusammen und probte. Zeitig machte ich mich auf nach Schlachtensee.

Die Adresse war eine riesige, stucküberladene Villa mit Türmchen, Erkerchen, Karyatiden, Putten und einer liegenden nackten Frau mit Korsettfigur im Frontispiz über der Tür, darunter die Zahl 1897. Das Gebäude war frisch getüncht und schimmerte weißlich vor dem Hintergrund eines parkähnlichen Gartens, der ganz ohne Lichterketten und anderen Weihnachtskitsch düster und nass dalag.

Licht flammte auf, als ich die marmorne, von heraldischen Löwen bewachte Außentreppe betrat. Ein Löwenkopf aus Bronze hielt den Türklopfer in Gestalt eines Lorbeerkranzes im Maul. Ich betätigte den Klopfer und löste damit die Schlussarie des Cavaradossi aus, die aus zwei kaum sichtbaren Lautsprechern zu Haupt und Füßen der Frontispizfigur scholl.

Geöffnet wurde mir von einem livrierten Diener. Vor mir erhob sich eine weitere, von Palmenkübeln flankierte Marmortreppe. Ich fühlte mich etwas unwohl in meinem schwarzen Samtkleid - es ist wirklich elegant und steht mir, aber in diesem Ambiente kam es mir wie ein billiges Fähnchen vor. Der Diener führte mich an der Treppe vorbei zu einer schweren, reich mit Schnitzwerk versehenen Doppeltür, deren Messingklinke eine Sphinx darstellte. Amüsiert stellte ich fest, daß nicht nur der Rücken der Sphinx abgegriffen war, sondern auch ihre Brüste offensichtlich häufiger berührt wurden als zum Öffnen und Schließen der Tür notwendig.

Der Diener öffnete die Tür, verneigte sich und ging zurück zum Portal. In dem mit Sesseln, Stühlen und kleinen Tischen des Fin de Siècle ausgestatteten Saal standen und saßen vielleicht zwanzig Menschen mittleren und gesetzteren Alters, weiblich die meisten, alle mit hanseatischer Eleganz gekleidet, Tweed und Seide, edler Schmuck aus altem Familienbesitz.

Die Hausherrin, eine Dame undefinierbaren Alters jenseits der Sechzig, in einem perlgrauen Seidenkostüm und mit schwerem, aber schlichtem Silberschmuck, unter weißem, sorgfältig toupiertem Haar ein kluges Gesicht, kam auf mich zu, reichte mir die Hand, begrüßte mich mit meinem Namen und dem etwas gönnerhaften Zusatz *unsere Künstlerin.* „Schauen Sie sich ruhig erst einmal ein wenig um. Wir werden im Anschluß den ersten Teil Ihrer Lesung hören, dann das Dinner zu uns nehmen, danach gibt es eine kleine Pause, dann bitte ich Sie, den zweiten Teil zu lesen. Sie sind selbstverständlich unser Gast, greifen Sie zu." Ich dankte, bat aber, man möge mich zum Essen nicht nötigen, das gehe auf die Stimme. Sie lächelte, „Nun, aber trinken werden Sie sicher". Ich lächelte unverbindlich zurück.

Eine Schiebetür zu einem Nebenraum stand offen. Ich konnte am Rand noch gerade erkennen, daß sie aus der Bauzeit stammen mußte; die Glasscheibe war reich mit Schleifarbeit verziert. Zwei gleiche Vitrinenschränke - Mahagoni und Ebenholzintarsien - standen an einer Wand; gegenüber hingen einige biedermeierliche Landschaftsbilder und ein erheblich älteres Portrait. Es zeigte einen schwarzgekleideten Mann in einem Gelehrtenstübchen, auf dem Tisch neben ihm lagen und standen Kräuterbüschel, Schreibzeug, ein menschlicher Schädel und ein Destillierkolben, hinter ihm Bücher auf einem einfachen Regal, auch ein Foliant mit alchemistischen Zeichen auf dem Rücken. „Einer meiner Vorfahren." Die Hausherrin war hinter mich getreten und schien mein Interesse wohlwollend zu registrieren.

Vom Nebenraum führte eine kleinere Tür in die Küche, aus der ich leises Geklapper und gedämpfte Gespräche hörte. Die Hausherrin bedeutete mir, in den Saal zu kommen. Sie bat alle Gäste, sich zu setzen, hielt eine kleine Ansprache, man habe die Autorin *** für eine Lesung gewinnen können, die Künstlerin werde sicher auch einige einführende Worte zu ihrem Werk sagen.

Ich hasse es, über mein Werk zu reden, bin der Meinung, die Leute sollen einfach lesen, was ich schreibe, und basta. Aber ich konnte mich nun

nicht mehr wehren, setzte eine freundlich-
bescheidene Miene auf (das habe ich oft geübt
und kann es gut), dankte für die Einladung und
sagte irgendetwas darüber, daß Schreiben
meine große Leidenschaft sei und es mir eine
Ehre sei, hier auftreten zu dürfen. Ein Tischchen und ein Stuhl standen bereit, auf dem
Tischchen ein Glas mit sanft perlendem
Mineralwasser.

Ich las zwei kleine Geschichten, eine mit leisem
Gruselfaktor, die andere ein sozialromantischer
liebenswürdiger Kitsch, beides Werke, von
denen ich weiß, daß sie gut ankommen. Nach
bewunderndem Applaus wurde ich in der folgenden Pause, zu der man sich wieder erhob
und in Grüppchen herumstand oder -ging,
bestaunt und mit einer Mischung aus Bewunde-
rung und Herablassung angesprochen.

Ich wollte mir gerne noch einmal das Portrait
und auch die Vitrinen im Nebenraum an-
schauen. Auf das Portrait - und auf die illustre
Verwandtschaft - war die Hausherrin offensichtlich stolz, über die Vitrinen sagte sie mit
einem Anflug von Selbstironie, ein wenig
Nippes müsse eben auch mal sein. Der Nippes
stellte sich als eine Sammlung von Porzellan-
figürchen heraus, beide Vitrinen waren voll
davon. Die Gesichter waren sehr sorgfältig ge-

arbeitet, nicht so idealisiert und nichtssagend wie sonst bei Nippsachen, sondern eigen wie Portraits, aber in Kleidung und Habitus waren die Figürchen reines Biedermeier, Schäferinnen, Tänzerinnen, Wanderer, Handwerker und eine Vinzentinerin mit Flügelhaube an einem Schreibpult.

Währenddessen stellten artige Bedienstete die Tischchen an einer Wand des Saales auf, trugen eine lange Tafel herein, deckten sie mit Meißner Geschirr, schwerem Silberbesteck und hauchdünnen Weingläsern. Die Hausherrin bat, man möge sich setzen. Zwei junge Mädchen in schwarzen, hinten geknöpften Kleidern, weißen Häubchen und weißen Schürzen, deren großzügige Schleifenbänder über die wohlgeformten Hintern fielen, brachten Tabletts mit Kanapées, Salaten, warmen Brötchen und Butter - alles sehr fein und lecker, aber ich hielt mich zurück. Ein Butler ging herum und schenkte Wein ein. Ich bat um ein Glas Wasser; die Hausherrin meinte, es sei ein ganz leichter und wirklich ausgezeichneter Wein. Ich äußerte, ich könne bei der Arbeit keinen Alkohol trinken, das beeinträchtige Stimme und Konzentration. Auf einen geflüsterten Befehl der Hausherrin brachte mir der Butler ein kleines ovales Silbertablett mit einem Glas und einer Flasche Mineralwasser.

Die Tischgespräche drehten sich um die Insassinnen einer Wohnstätte für Mädchen aus schwierigen Verhältnissen, Mädchen, die man vor ihren Eltern schützen mußte oder vor sich selbst, denen eine Ausbildung ermöglicht werden sollte und die Vorbereitung auf ein selbständiges Leben. „Sie macht sich wirklich gut", hieß es, und „Man muß jetzt ihre Entwicklung besonders sorgfältig beobachten"; „Sie träumt davon, einen Frisiersalon aufzumachen", „Sie ist recht musikalisch und wünscht sich eine Gitarre; ich bin dafür, ihr diesen Wunsch zu gewähren". Bei diesem Satz mußte ich an eine der Nippesfiguren denken, eine neben zwei Lämmlein auf einem Baumstumpf sitzende Schäferin mit einer bändergeschmückten Gitarre. Das Gesicht hatte mich vorhin im Vitrinenzimmer lebhaft an eine frühere Schulkameradin erinnert, die in der PETA aktiv gewesen war und bei Schulfesten Gitarre gespielt hatte.

Man kam zum Ende mit den Kanapées, und es ging wieder ins Vitrinenzimmer, während die Bediensteten die Tafel abräumten und hinaustrugen. Ich schaute mir die Porzellanschäferin mit Gitarre genauer an. Ihre Augen waren von verschiedener Farbe. Das war bei Maren, jener Maren mit PETA und Gitarre, nicht anders gewesen.

Ehe ich mir über diesen sonderbaren Zufall genaue Gedanken machen konnte, wurden wir wieder in den Saal gebeten, wo nun alles so stand wie zu Beginn des Abends. Ich las zwei weitere Geschichten, eine triefend kitschige über einen Ganoven, der angesichts eines kleinen Kindes kurz vor Weihnachten... wie gesagt, triefend kitschig, ich schäme mich auch, aber mit dieser Schmonzette habe ich immer guten Erfolg, denkt an die Druckerkartuschen. Die letzte Geschichte war ein O. Henry-Verschnitt, nett und lustig und ein bißchen rührend.

Der Applaus hätte zu wirklich guter, ernstzunehmender Literatur gepasst. Die Hausherrin kam mit ausgestreckten Armen auf mich zu, dankte mir beinahe herzlich und lud mich ein, „nun doch noch ein Gläschen Champagner zu trinken".

Ich gestand, ich sei seit drei Jahren trocken. (Das stimmt nicht - ich habe nie gesoffen, mag nur einfach keinen Alkohol - aber meiner Erfahrung nach hören die Überredungsversuche erst auf, wenn man deutlich macht, daß man davon stirbt.) Ich erntete anerkennende, zugleich bestürzte Blicke. Mir schien, die Hausherrin sehe etwas bedauernd drein.

Wieder steuerte ich auf die Vitrine zu. Etwas hatte mich vorhin irritiert, und ich konnte nicht sagen, was es war. Ich schaute die Galerie von Figürchen noch einmal genau an. Die Vinzentinerin hielt ihre Schreibfeder fest, blickte über das Tintenfaß in unbestimmte Fernen. Aus der Flügelhaube stahl sich eine kleine Locke, so rot wie Lydias Locken. Auf der Schreibhand hatte sie genau so einen Leberfleck wie Lydia. Dicht neben ihr stand eine Figur, die ich vorhin nicht beachtet hatte - ein Gelehrter an einem Tisch mit Schreibzeug, Destillierkolben und einem menschlichen Schädel.

Die Hausherrin trat noch einmal auf mich zu und fragte, ob sie mir nicht noch irgendetwas anbieten könne, einen Kaffee zum Beispiel. Ich lehnte dankend ab und sagte, ich müsse nun leider auch gehen, ich habe morgen einen weiteren Auftrag. (Was eine Lüge war, aber wie ein einleuchtendes Argument klang.) Auf einen Wink der Hausherrin brachte ein Butler ein kleines Silbertablett mit einem Couvert, das sie mir überreichte. Ich prüfte nicht nach, dankte und verabschiedete mich höflich. Der Butler öffnete die Flügeltür, ich ging an der Marmortreppe vorbei zum Portal, wo immer noch der livrierte Diener stand. Er sah mich mit runden Augen an, seufzte erleichtert auf und verabschiedete mich mit einem geflüsterten „Leben Sie wohl".

Als ich hinausging, flammte wieder das Licht über der Außentreppe auf. Zugleich erklang aus den Lautsprechern der Gefangenenchor aus dem Nabucco.

Friede sei mit dir

„Der Friede Christi sei mit euch."
„Und mit deinem Geiste."
„Gebt einander ein Zeichen des Friedens."
Friede sei mir dir... Friede mit dir... Friede.

Hände werden ergriffen, der Friedensgruß wird gesprochen. Hier und da ein fröhliches Herüberwinken zur übernächsten Kirchenbank. Ich wende mich um. Hinter mir steht dieser seltsame Mensch, den ich nicht besonders mag. Nun und? Da gerade, denke ich.

„Friede sei mit dir" - ich strecke die Hand aus, aber der andere ergreift sie nicht und antwortet mit einem stummen, feindseligen Blick. Ich erstarre, sehe ihn fassungslos an. Er sieht weiter unfreundlich vor sich hin. Langsam drehe ich mich wieder nach vorn. Es gelingt mir, der Messe zu folgen.

Ich weiß nicht, wie der heißt. Er ist mir zwar schon oft aufgefallen mit seinem Kreuz, das einem Bischof Ehre gemacht hätte (anders als der Rest von ihm). Er geht etwas gebeugt, ich glaube, das Brustkreuz zieht ihn so herunter. Aus einigen gemurmelten Bemerkungen bei Kirchenfesten weiß ich, daß er keine Ausländer mag. Aber das ist, ebenso wie das rundrückengenerierende Brustkreuz, seine Sache. Er ist ein treuer Kirchgänger, wie ich. Wir sehen uns täglich und sprechen uns nie. Kann man das nicht durchbrechen? Einfach den Frieden wünschen?

Ich muß ihn ja nicht mögen. Aber lieben muß ich ihn. So ist das vorgesehen.

Abends schreibe ich einen Brief, auf meinem schönsten Briefpapier und in meiner schönsten Handschrift. Ohne Anrede, weil ich den Namen eben nicht weiß und Sachen wie „Geehrter Herr" nicht schreiben möchte. Also gleich zur Sache:

Ich weiß nicht, warum Sie mir den Friedensgruß verweigert haben,

„Schreib noch: Sie Miesnickel", fällt mir schlagartig ein. Ich will den Gedanken verscheuchen, aber er hakt sich in meinen Hirnwindungen fest. Genervt blicke ich zur Seite.

Auf der Tischkante sitzt ein handgroßer Dämon, tintenschwarzfellig und mit einem zierlichen roten Paarhuf, neben sich ein graues Aktenköfferchen. Das rechte Bein, das mit dem Paarhüflein, hat er über das linke geschlagen und hält darauf ein graues Klemmbrett mit schwarzem Papier. Ein hellgrauer Stift schwebt frei darüber. *„Sie Miesnickel"* steht auf dem Papier, hellgrau auf schwarz.

Ich versuche, den Dämon vom Tisch zu wischen. Meine Hand geht durch ihn hindurch wie durch Luft. Er sitzt unverändert da, der Stift schreibt: *„Was sind denn das für Manieren?!?"* Ich bekreuzige mich, sage: „Jesus, bitte hilf mir!" - darauf zuckt der Dämon zusammen, der Stift unterstreicht das eben Geschriebene doppelt. Sonst passiert nichts.

„Also gut", sage ich, „Jesus läßt dich gerade zu. Er wird Seine Gründe haben. Halt die Fresse und laß mich arbeiten." Der Dämon schaudert beim Namen Jesu und verzieht das Gesicht, hat sich aber gleich wieder in der Gewalt. Ich schreibe weiter:

aber bitte seien Sie sicher, daß ich Ihnen von ganzem Herzen den Frieden Christi wünsche.

„Sentimentaler Quatsch", schreibt der Stift des Dämons. Ich schaue den Satz gründlich an. Er könnte wirklich sentimental sein, aber mir fällt nichts Besseres ein. Ich schreibe weiter:

Ich vermute, es hat damit zu tun, daß ich Flüchtlingen helfe; Sie äußerten sich dazu neulich schon einmal.

„Und nannten mich eine Negernutte", ergänzt der Stift. Der Dämon grinst.

„Nein, das schreibe ich nicht", sage ich ruhig. „Erstens weil er das nicht gesagt hat, und zweitens weil es nicht zielführend ist."

„Natürlich hat er das gesagt, ich war dabei". Der Stift drückt stark auf.

Ich muß grinsen. „Du meinst, du hast es ihm eingeflüstert, und er hat auf dich gehört?"

Der Dämon nickt. Der Stift schreibt: *„Einflüstern ist ein häßliches Wort dafür. Ich habe nur seine Gedanken dahingehend geklärt, daß er sich traute, sie auszusprechen."*

„Du hast ihm böse Gedanken wieder und wieder eingegeben und ihn dann dazu verführt, sie auszusprechen", verbessere ich. „Außerdem war ich nicht dabei. Nur du, möglicherweise, und dich zitier ich nicht."

„Schulmeisterin!" schreibt der Stift. Der Dämon streckt mir eine gespaltene rote Zunge heraus. Ich überlege, ob ich mit „Jesus Jesus Jesus!" und Zunge rausstrecken antworte, aber ich beherrsche mich knapp. Du sollst den Namen des Herrn, deines Gottes, nicht verunehren.

Ich schreibe weiter.

Bei mir wohnt eine Frau, deren Heimatort von IS-Terroristen überfallen wurde. Wäre sie nicht geflohen, hätten sie sie ermordet oder verkauft.

„Das ist ja die Höhe der schmalzigen Gutmenschen-Sentimentalität!" schreibt der Stift. „Ist es nicht", widerspreche ich. „Die Höhe wäre, wenn ich dem Typen noch sage, was sie auf der Flucht erlebt hat."

Der Dämon grinst süffisant. Ich rufe mich innerlich zur Ordnung: Es hat keinen Sinn, einem Dämon logische Argumente entgegenzubringen. Aber dieser Mensch in unserer Gemeinde, der muß doch noch irgendwo einen Sinn für Logik haben. Also schreibe ich weiter:

Meine Oma ist übrigens auch geflohen. Sie wohnte bis zu ihrem Tod bei einer Frau, die keine Flüchtlinge mochte.

„Mit anderen Worten, bei so einem Menschen, wie Sie es sind, und meine Oma tut mir noch heute leid dafür" schreibt der Stift in Schönschrift. Diesmal hat der Kleine hat so was von Recht, meine arme Oma war dieser Zicke so ausgeliefert...

Mit anderen Worten, bei so einem Menschen, wie Sie

Nein! Ich streiche das durch. *Jesus, bitte, laß mich nichts schreiben, was die Gegenseite will.* Ich nehme ein neues Blatt, schreibe die ersten Sätze noch einmal, gebe mir besondere Mühe mit der Handschrift. Der Dämon gähnt demonstrativ, der Stift schreibt „*Waschlappen!*"

Meine Eltern haben mir beigebracht, daß man gast-freundlich zu sein hat. Beide haben den Krieg erlebt.

„*Sie hingegen haben den Krieg knapp verpaßt, was ich schade finde, und tun nun so, als ob*" - bei diesen Worten schlage ich mit der flachen Hand auf das dämonische Klemmbrett. Das heißt, physikalisch betrachtet haue ich auf den nackten Tisch, mit dem Handballen auf die Kante, was ziemlich wehtut. Der Dämon sitzt gleich wieder dort, offenbar unbeschadet, der Satz steht da genau so unvollständig wie vor dem Schlag, darunter schreibt der Stift:

„*Beherrsch dich mal!*"

Mein Blick fällt auf eine Postkarte, die ich über dem Schreibtisch an die Wand gepinnt habe, ein Detail des Isenheimer Altars. Jesu verkrampfte, durchbohrte Hände, Sein zerschundener Leib, Sein schmerzverzerrtes Gesicht.

„Oh mein Jesus", bettle ich. „Bitte hilf mir. Nimm weg, was zwischen uns steht." Der Dämon krümmt sich, aber nur kurz. Er sieht mich herausfordernd an. „*Aberglauben*", schreibt der Stift.

Plötzlich pruste ich los. Ich kann mich nicht mehr beherrschen, lache, kichere, gackere, bis mir die Tränen kommen. „Du sagst mir, ich soll mich beherrschen?" bringe ich hervor. „Och nö..." Ich lache, bis es wehtut. Durch Tränen sehe ich das schwarze Dämönchen nur noch verschwommen. Endlich trockne ich mir die Augen – aber der Kleine bleibt undeutlich, wird durchsichtiger. „Jesus, war das anstrengend", grinse ich – der Dämon zuckt und verschwindet samt Stift und Klemmbrett.

Eine dicke Lachträne wellt das Briefpapier. Das ist mißverständlich, ich nehme ein drittes Blatt, schreibe noch einmal alles sauber ab und setze darunter:

Von Herzen wünsche ich Ihnen Gottes Segen.

Keiner widerspricht. Ich unterschreibe und falte den Brief, stecke ihn in ein Kuvert.

Anderntags ist der Mensch wieder in der Kirche. Ich gebe ihm den Brief.

In der folgenden Woche bekomme ich die drei Seiten lange Antwort, in der „Volksverräterin" zu den netteren Worten gehört. Meiner Mitbewohnerin wird meine künftige Ermordung unterstellt.

Zwei Bögen teures Briefpapier sind beim Teufel. Das kann ich verschmerzen.

Ich glaube zu wissen, wer auf dem Schreibtisch des Briefstellers sitzt. Ich weiß, wer ihn wegnehmen kann. Aber wenn der Briefsteller das nicht will?

Das Erbstück

Die Ladung zur Testamentseröffnung kam nicht nur für mich äußerst überraschend. Weder die Existenz noch der Tod dieses Cousins ich weiß nicht wievielten Grades waren mir zu Ohren gekommen. Niemand hatte eine Ahnung, warum er gerade mich bedacht hatte. Man traf sich in der großzügigen Altbauwohnung des Verstorbenen. Ich erfuhr, daß er hier vor vier Wochen von seiner Zugehfrau gefunden worden war - noch warm und rosig in seinem besten Maßanzug auf dem Sofa liegend und in einen leichten Duft von Bittermandel gehüllt.

Jahrzehntelang hatte der eigenbrötlerische Junggeselle weder seine Eltern noch seine zahlreichen Brüder und Schwestern sehen wollen. Telefonisch oder elektronisch war er nicht erreichbar gewesen. Die Wohnung wirkte wie ein großbürgerliches Relikt aus dem späten 19. Jahrhundert. Der Gasherd war ein Sammlerstück des fin-de-siècle, ebenso die porzellanenen Armaturen im Bad, wo sich neben einem Döschen Alaun ein Rasiermesser fand. Der Schreibtisch enthielt eine Sammlung von Stahlfedern, verschiedene Tintenfässer und mehrere Stapel Büttenpapier. Ich begriff die Logik des letzteren: Es hatte in der Zeit, in die mein Cousin sich versetzt hatte, kein säurefreies Holzpapier gegeben, und um vergilbende und bröckelnde Dokumente zu vermeiden, hatte er tief in die Tasche gegriffen. Nicht einmal der übliche moderne Plastikmüll war zu sehen; er mußte Derartiges sofort im Mülleimer auf dem Hof entsorgt haben. Die unvermeidlichen Moderna – Versicherungsverträge, Steuerpapiere und dergleichen – hatte er in die unterste Schublade einer Kommode gepfercht.

Die zahlreichen Bücherborde enthielten allem Anschein nach nichts, was nach 1910 entstanden war; sie wirkten wie ein teures Antiquariat.

Der Notar, ein graues, schmallippiges Männlein mit spitzem Kinn, kam ohne Vorrede zur Sache. Die Eltern erbten ein beträchtliches Vermögen (umflortes Nicken), der älteste Bruder die Wohnung und alles, was darin war (melancholisches Lächeln), die übrigen Geschwister je tausend Euro (enttäuschte und zornige Mienen). Dies alles war in knappen, sachlichen Worten ausgedrückt.

Die peinliche Pause wurde vom Notar unterbrochen: „Meiner Cousine Mina Weishaupt überlasse ich den Füllfederhalter von 1896. Ich habe Minas Bücher mit großer Freude gelesen und hoffe, daß sie mit diesem Werkzeug noch viele unterhaltende Geschichten schreibt." (Allgemeines spöttisches Lächeln.)

Der Notar räusperte sich und schloß: „Unterschrift: Ildefons Messner, Hamburg-Altstadt, den 5. Januar 2008." - Das Testament war eine Woche vor dem Tod verfaßt worden.

Ich war bewegt und erstaunt. Von meiner Schriftstellerei halte ich selbst nicht sehr viel; es ist solide Unterhaltungsliteratur. Daß dieser reiche und allem Anschein nach hochgebildete und zugleich getriebene, depressive Mensch meine netten harmlosen Kurzgeschichten und Familienromane gern gelesen hatte, begriff ich nicht.

Als die Eltern des Toten die Wohnung durchstöberten, nahmen das alle Anwesenden zum Anlaß, die Zimmer zu besichtigen. Dabei war nichts Zeitgenössisches zu finden; eine Zuckerdose aus den 20er Jahren war das modernste Objekt. Nur auf dem Nachttisch lagen fünf Bücher aus meiner Feder; das rührte mich sehr.

Vor den Augen des Notars wurde mir ein schwarzglänzender Kolbenfüller mit Goldfeder ausgehändigt, an dem ein handgeschriebenes Schild mit meinem Namen hing. Der Abschied von der Familie war frostig.

Das Schreibgerät lag gut in der Hand und schrieb leicht und sauber. Die Feder war ein vergoldetes Schmuckstück mit gravierter Jahreszahl ihrer Entstehung. Ich hatte seit kurzem eine hübsche kleine Geschichte über einen eigenwilligen Teenager im Kopf und machte mich an die Niederschrift. Noch nie hatte ich so konzentriert und schnell geschrieben; in wenigen Stunden war die Geschichte fertig und wartete auf die Eingabe in den Computer. Das sollte meiner Gewohnheit nach am nächsten Tag geschehen; für heute war ich fertig – in jeder Hinsicht, ich war ausgelaugt und nervös zugleich und fand erst nach einem ausgedehnten Spaziergang zur Ruhe.

Nach dem Frühstück setzte ich mich an den Computer, um das Manuskript einzugeben. Ich begann: Ein Backfisch in Berlin - unterbrach mich, schaute noch einmal auf das Manuskript – dort stand tatsächlich Backfisch. Ich grinste amüsiert - der gestrige Ausflug ins 19. Jahrhundert hatte Eindruck gemacht – und ersetzte das Wort mit Teenager. Im übrigen war ich sehr zufrieden mit der Geschichte; ich hatte lange nicht so flüssig und in so originellem Stil geschrieben.

Während dem Mittagessen fiel mir bereits das nächste Thema für eine Kurzgeschichte ein.

Eine Stunde später saß ich in meinem Lieblingscafé und beschrieb mit dem wirklich einmalig gut in der Hand liegenden Füllfederhalter den Ausbruch einer Hausfrau und Mutter aus ihren spießigen Konventionen. Die Gedanken kamen von selbst, ich arbeitete ohne jede Anstrengung und mußte nach keinem Wort suchen. Dabei entwickelte sich die Geschichte etwas düsterer und schwieriger als geplant; meine Hauptfigur machte sich gewissermaßen selbständig von mir: das war mir zu Beginn meiner Schriftstellerkarriere noch passiert, aber seit der ersten erfolgreichen Veröffentlichung nicht mehr. Ich bestellte einen Kaffee nach dem anderen, und abends hatte ich zehn Seiten vollgeschrieben und einen Titel gefunden: Die Amazone.

Anderntags tippte ich das Manuskript noch vor dem Frühstück ab. Mit leisem Kopfschütteln merkte ich, daß ich meine Heldin hatte Theetassen abwaschen und ihren Mann Cigaretten rauchen lassen. Übrigens gefiel mir die Geschichte weit besser als das, was ich von mir selbst gewohnt war. Ich hatte die Frau aus einem lieben, etwas spießigen, harmlosen Leben in ein fröhliches Abenteuer ausbrechen lassen wollen, und sie war aus einem in höchster Korrektheit morbiden und düsteren Leben in eine ungewisse Zukunft geflohen.

Gleich nach dem Speichern überfiel mich die nächste Idee. Der Federhalter glitt wie von selbst über das Papier; meine Einfälle überschlugen sich, und erst spät abends setzte ich den Schlußpunkt. Knieweich stand ich auf, braute einen äußerst starken Kaffee, trank gierig und ging, leicht zitternd, den kostbaren Federhalter nebst Schreibblock in der Handtasche, zum Zwecke eines kleinen Spazierganges vor die Tür.

Die Bedeutung des Wortes Einfall war mir nie so klar geworden. Etwas fiel in mich hinein, funkenschlagend, gewaltsam, schmerzhaft; ich stürmte ins nächste Café, bestellte einen doppelten Espresso und schrieb. In den frühen Morgenstunden, nach ungefähr zehn doppelten Espressi und zwanzig eng beschriebenen Seiten, schloß das Café; aufgekratzt und ungeduldig ging ich nach Hause und schrieb dort weiter. Am frühen Vormittag mußte ich aufhören; ich war geistig und körperlich erschöpft und legte mich angezogen auf das Bett. Abends erwachte ich, schaltete den Computer an und tippte wie besessen ein, was ich geschrieben hatte. Die Kurzgeschichte von gestern früh beunruhigte mich etwas; nicht nur hatte sich wiederholt obsolete Orthographie eingeschlichen, auch das Thema schien nicht zu mir zu gehören: in einem inneren Selbstgespräch erwägt eine Frau, auf welche Art sie am besten ihren Mann sowie ihre Eltern umbringen könne. Der Stil war ähnlich wie bei der Amazone, aber noch besser, mit originellen Wendungen, die ich mir nie zugetraut hätte.

Der nächste Text war noch nicht abgeschlossen, aber was dort stand, jagte mir Angst ein. Wieder war es stilistisch und im Aufbau so, daß ich beim Abtippen nichts verbesserungswürdig fand, dabei aufregend, neuartig, düster – und durchaus nicht „von mir": so hatte ich nie geschrieben. Die altmodische Schreibweise paßte hier so gut, daß ich sie nicht änderte. Die finstere Hauptfigur berichtete vollkommen un-sentimental von ihren geplanten und aus-geführten Gewalttaten.

Ich fror schon seit einer Weile; nach dem Speichern wollte ich den Thermostat herauf-drehen, fand ihn auf 25° und die Heizung warm. Ein kurzes Stoßlüften machte mich heftig zittern.

In Eile aß ich irgendetwas, goß Kaffee auf und setzte mich wieder zum Schreiben hin. Der Federhalter flog über das Papier; nur wenn ich ihn niederlegte, um nach der Tasse zu greifen, zitterte meine Hand. Einmal mußte ich Tinte nachfüllen und stieß dabei fast das Tintenfaß um. Aber sobald der Federhalter wieder das Papier berührte, hörte das Zittern auf. Die Geschichte nahm ihren grauenvollen Fortgang. Mein zweites Ich, von dem ich bisher nichts geahnt hatte, mordete mit kühlem Kopf und gierigem Herzen weiter.

In weniger als einem Vierteljahr schrieb ich auf diese Weise einen Roman. Ich schlief wenig und unregelmäßig, aß hastig und meist zu wenig, ließ meine Wohnung verkommen.

Die beiden Kurzgeschichten hatte mein Verleger entsetzt abgelehnt; er wolle die von mir gewohnten herzerwärmenden Frauen- und Familiengeschichten und nichts anderes. Allerdings hatte ein von der intellektuellen Welt hochgeschätzter Verlag, dem ich Exposé und die ersten drei Kapitel des wachsenden Romanes geschickt hatte, mir postwendend einen Vertragsentwurf gesandt und zudem versprochen, die Kurzgeschichten in einer der nächsten Anthologien unterzubringen.

Bisher hatte ich die Schriftstellerei als Handwerk mit viel Routine betrieben; sie ermöglichte mir einen guten Lebensstandard und gesellschaftliche Anerkennung, auch wenn ich von den Großen der Literatur bestenfalls belächelt wurde. Der Roman *Schwarze Seele* begründete einen völlig anderen Ruhm als den gewohnten. Die schwärmerischen Briefe von Hausfrauen, Sekretärinnen und Erzieherinnen bleiben aus; dafür erreichen mich Artikel in Feuilletons und Literaturzeitschriften. Ich muß höchst lästige Interviews und Lesereisen über mich bringen, wobei ich ständig zittere. Das Zittern läßt nur nach, wenn ich meinen Federhalter über das Papier gleiten lasse.

Ich schreibe buchstäblich Tag und Nacht, weiß selten, welche Tageszeit ist, bin aus schierem Zeitmangel abgemagert – wann soll ich essen, wenn mein Federhalter mir keine Ruhe läßt? - und antworte nicht auf besorgte Mails und Briefe von Freunden. Das schlechte Gewissen und die Scham lassen sich nur überwinden, indem ich mich mit dem Füllfederhalter hinsetze und schreibe. Ich bin bei einem Tagespensum von ungefähr zehn Stunden gelandet.

Ich muß Schluß machen. Eben habe ich einen neuen Einfall. Die Geschichte wird einen Selbstmord beschreiben – aus der Sicht des Täters.

Die Befreier

Daß die Tierbefreier mehr sind als ein chaotisches Grüppchen am romantischen Rand der Tierschützer- und Esoterikszene, begriff ich erst, als sie in einem straff organisierten Sternmarsch zu fünftausend – Männer, Weiber, Kinder und Greise – vor das Bundeskanzleramt zogen und in einer klar strukturierten, inhaltlich leicht fassbaren Kundgebung die „sofortige und bedingungslose Freilassung aller nichtmenschlichen Tiere" forderten. Ein gut geschulter Chor sang im Wechsel mit einer Solistin fünf Strophen auf die Melodie „Kein schöner Land". Die ersten Verse lauteten

Labore zu und Knäste auf
für Katzenpfote, Hundelauf...

und es wurde mit jedem Vers sentimentaler bis zum stark ritardierten Schluss

Den Tieren geben wir freies Leben,
die Welt wird gut!

Der Sängerin kullerten Rührungstränen über die Wangen; einige Teenager umarmten einander schluchzend.

Meine Nachbarn packten am gleichen Abend ihr Auto voll und fuhren fort, aus Sorge, wie sie sagten. Ihren Hund nahmen sie mit. Ich belächelte sie.

Die Acht-Uhr-Nachrichten am folgenden Morgen berichteten, daß innerhalb der letzten zwei Stunden alle Labore in Berlin, in denen es irgendwelche Tiere gab, von schlagkräftigen Truppen Vermummter überfallen worden waren. Sie hatten die Türschlösser mit professionellem Gerät zerschossen, die Beschäftigten niedergeknüppelt und gefesselt und alle Tiere freigelassen – Affen, Mäuse, Ratten, Meerschweinchen, Katzen, Hunde, Flöhe, Zecken, Tsetsefliegen und Anophelesmücken. Bei den folgenden Großeinsätzen wurden zahlreiche freilaufende Hunde erschossen, einige gewaltbereite Hundehalter in Gewahrsam genommen und eine herzleidende Rentnerin mit Rehpinscher zu Tode erschreckt.

Über Lautsprecherwagen wurde das Volk aufgefordert, Ruhe zu bewahren und die Fenster geschlossen zu halten, mindestens aber mit Fliegengittern zu sichern, die Wohnungen vor Einbruch der Dunkelheit nicht zu verlassen, draußen festes Schuhwerk und lange Kleidung zu tragen und Mückenschutz zu verwenden, sich keinesfalls in Gewässernähe oder auf Auwiesen aufzuhalten. Dies sei eine Maßnahme zur Sicherheit; man werde die Bürger durch

Radio, Fernsehen und Internet über das weitere Vorgehen informieren.

Die Reaktionen auf Facebook reichten von wilder Panik und Verschwörungstheorien bis zu genervter Wurstigkeit, *Autan und lange Ärmel und gut is.* Die Kliniken twitterten pausenlos Beschwichtigungen und gute Ratschläge.

Die Polizei fasste keinen einzigen Täter. Ein Boulevardblatt wusste, daß der Rehpinscher der vom Herzinfarkt dahingerafften Dame eingeschläfert werden sollte, und barmte um Hilfsbereitschaft.

Am selben Abend wurden alle Tierheime und Tierpensionen nach gleichem Muster überfallen. Gestörte Hunde und Katzen streunten durch die Umgebung der verwüsteten Heime. Einige wurden von Anwohnern gelockt und mit Futter versorgt, blieben aber in der Regel mißtrauisch. Durch die Polizei befreite Veterinäre, Tierpfleger und Ehrenamtliche konnten keine verwertbaren Aussagen machen.

Frühmorgens hallten Lautsprecherdurchsagen durch die Stadt.

Achtung, Achtung. Hier spricht die Polizei. Durch Zwischenfälle im Zoologischen Garten und im Tierpark sind exotische Tierarten freigesetzt worden, darunter Großkatzen, Bären, Affen, Elephanten und Büffel. Bleiben Sie unbedingt in Ihren Wohnungen! Nehmen Sie hilfesuchende Personen auf! Begeben Sie sich in das nächste Gebäude, wenn Sie auf der Straße sind! Achten Sie besonders auf Kinder und bringen Sie sie unbedingt in Sicherheit! Maßnahmen zur Behebung der Unannehmlichkeiten sind im Gange. Bitte bewahren Sie Ruhe.

Die Nachrichten sagten es genauer: Tierpark und Zoologischer Garten waren überfallen worden. Es mußten mehrere hundert Täter gewesen sein, alle schwarz vermummt, mit Knüppeln und Bolzenschneidern ausgerüstet. Alle Tiere, vom Kolibri bis zum Flußpferd, waren freigesetzt. (Tote Kolibris lagen Stunden später auf der Hardenbergstraße herum. Die armen Tiere hatten in Berlin auch an warmen Sommertagen keine Chance.)

Einige Wärter und eine Kassenfrau fand man übel zugerichtet. Als Todesursache nahm man Knüppelhiebe an; Bären und Großkatzen hatten sich laut Pathologen an schon Verstorbenen eine ungewohnt fettreiche Mahlzeit gegönnt. Auch ein Tierbefreier war tot; ein befreiter Elephant war durch den Lärm in Panik geraten und blindlings aus dem Tor über seinen Befreier getrampelt. Ein Journalist hatte den auf der Brust des Toten sitzenden Kondor gefilmt, der die Wollmaske abfledderte und die Identifizierung vorerst unmöglich machte. Kurze Zeit später wurde der Journalist durch ein Krokodil, das zuerst die Kamera und dann seine Hand zerbiss, berufsunfähig. Zum Glück konnte er mit der Linken noch den Rest der Kamera und die Speicherkarte retten; durch den Verkauf des Videos an RTL sollte er sich später leisten, in einer Heidelberger Spezialklinik eine hervorragende, von der Kasse nicht bezahlbare Prothese anfertigen zu lassen.

Die Sache mit dem Journalisten führte zu einer Massenflucht. Auf der Autobahn rannten fünf Bisons und acht Wisente mehrere gestaute Wagen samt Insassen platt.

Bundeswehrhubschrauber kreisten anderntags über der Stadt. Bundespräsident und Bundeskanzlerin hielten ernste Reden, sprachen den Opfern ihren Respekt und den Angehörigen ihr Beileid aus und mahnten, die Anweisungen der Sicherheitskräfte zu befolgen und Ruhe zu bewahren, wiederholten im Wesentlichen die Ratschläge der Polizei. Stündlich wurde berichtet, in welchen Bezirken Großkatzen und Bisons gesichtet worden waren. Teltowkanal, Spree und Havel wurden zu Gefahrenzonen erklärt wegen der Krokodile und Alligatoren. Ein Sprecher von Greenpeace äußerte sich bestürzt und prognostizierte verheerende Folgen für die Fischpopulation. Die blieben allerdings aus; bisher fügen sich die Gäste gut ins Ökosystem ein.

Die Überlastung der Polizei und aller Rettungsdienste führte dazu, daß die Aquarien tagelang unbeachtet blieben. Einige ihrer Terrarien waren zerstört. Eine Zeitlang gab es in der Umgebung Riesenschlangen. Sie waren zwar völlig harmlos (außer für landbewohnende Tiere bis Dackelgröße), lösten aber bei einigen Menschen Panik aus. Die Polizei unternahm nichts. Die Riesenschlangen verschwanden trotzdem; die wenigen, die es in die Parks der Gegend schafften, konnten sich nicht vermehren. Zudem stellte man später fest, daß sie sie so ähnlich wie Huhn schmecken.

Auch Giftschlangen waren freigesetzt worden. Todesopfer durch Schlangenbisse waren ein Rentner, der versucht hatte, eine Königskobra mit seinem Gehstock zu erschlagen, sowie einige Hunde und kleinere Affen. Die befürchtete Giftschlangenplage blieb aus; es waren zu wenige Tiere, um sich zu vermehren, zudem waren sie dem Klima nicht gewachsen.

Weitreichender waren die Folgen durch nicht freigelassene Aquarienbewohner. Die Tierbefreier waren bei den Fischen an die Grenzen ihrer strategischen und taktischen Fähigkeiten gekommen. Die Tiere verendeten bald und zersetzten sich in dem lauwarmen Wasser. Der Strom wurde abgeschaltet, aber es gab nicht genug qualifizierte Einsatzkräfte, um die Aquarien zu räumen. Nach drei Tagen war es nicht mehr möglich, ein Aquarium ohne Schutzkleidung und Atemgerät zu betreten, und wegen der dauernden Überlastung von Polizei, Bundesgrenzschutz und Militär sowie einiger organisatorischer Unzulänglichkeiten wurden die Gebäude erst durch Verriegelung, Flatter- bänder und Verbotsschilder, dann mit Stacheldraht gesichert und stinken seitdem vor sich hin. Ein zur Hardenbergstraße hin sicht- bares Aquarienglas ist schwärzlichgrün zugesetzt; dahinter sieht man – durchs Fernglas von der anderen Straßenseite – schemenhaft irgendwelche großen Fische treiben, von denen manchmal Stücke abfallen. Bei Nordwind und im Sommer kommt man nicht so nah heran.

Hundehalter verschwanden beim Gassigehen; meist blieb unklar, ob daran größere Tiere oder vermummte Tierbefreier schuld waren. Die kräftigsten Hunde überlebten und fraßen ihre überzüchteten Artgenossen. Katzen fanden sich gut zurecht; Pinguine und Schreitvögel ver- schwanden bald. Daß Gorillas keinesfalls reine

Vegetarier sind und aggressiv werden können, merkte manch einer zu spät. Kleinere Affen sind sehr nervig; sie stehlen Brot und Obst. Ob Turmfalken und Bussarde sich neben ihren großen Nahrungskonkurrenten, den Adlern und Kondoren, halten können, wird sich zeigen.

Die Kliniken sind stark überlastet. Einige Chirurgen haben aufgegeben und sind ausgewandert. Andere sind selber verletzt oder krank. Malaria ist seit einiger Zeit ein wachsendes Problem; es gibt neuerdings drei Seuchenstationen in Berlin. Die Kirchen sind Tag und Nacht offen und werden von Ehrenamtlichen bewacht, um nur Menschen hineinzulassen. Die Gemeindesäle und teilweise die Kirchen selbst sind zu Krankenstationen umfunktioniert; in der Krypta der Hedwigs-kathedrale können kleinere Operationen vorgenommen werden. Vor den Beichtstühlen muß man jetzt auch immer Schlange stehen.

Seit die meisten Schulen und Kindergärten geschlossen sind, nachdem die ersten ABC-Schützen von Tieren gefährlich verletzt wurden, gibt es Hilfsunterricht in einigen Pfarrhäusern. Die Klassen sind klein, die meisten jungen Eltern sowie Paare, die Kinder haben wollen, sind ausgewandert. Unter denen, die unbedingt bleiben wollen, sind auch

Befreier. Die aber halten sich und ihren Nachwuchs von Kirchen aus Überzeugung fern. Mich stimmt es immer wehmütig, wenn ich die zurückgelassenen Kinderfahrräder im Keller und in Fahrradständern vor sich hin rosten sehe. Kein Facebook-Bild von ausgesetzten Hunden berührt mich so.

Eine befreundete Familie ist nach langen Debatten geblieben. Zwar gibt es ihren Arbeitgeber, eine Schule im großbürgerlichen Süden Berlins, nicht mehr – denn die Großbürger sind nach Australien gezogen, einige auch nach Schwaben, aufs Land. Aber sie haben sich einem Schulprojekt der Jesuiten angeschlossen. Die Klassen sind für alle Altersgruppen offen und haben regen Zuspruch von Achtzehn- bis Dreißigjährigen. Man witzelt, die Jüngeren stammen alle vom Lehrerpaar.

Der Domchor und die Berliner Choralschola bemühen sich um die Aufrechterhaltung kulturellen Lebens. Zur Zeit proben beide das *Dies Irae* – die einen Mozart, die anderen Gregorianik.

Die Tierbefreierszene ist europaweit straff organisiert, die Überfallserien treffen eine europäische Stadt nach der anderen. Die Infrastruktur leidet darunter. Handwerker,

Facharbeiter und Ingenieure wandern aus. Die Arbeitslosigkeit ist anfangs gestiegen, weil viele ihre nächste Umgebung nicht mehr verlassen und weil Betriebe zusammenbrechen. Jetzt ist sie offiziell rückläufig, weil kaum noch jemand zum Arbeitsamt geht. Man macht keine überflüssigen Gänge. Es macht auch keinen großen Unterschied, seit die Gas- und Stromversorgung ohnehin unregelmäßig ist. Hier in der Nähe baut jemand kleine Generatoren, primitiv, aber funktionierend, und tauscht sie gegen Lebensmittel, Kleidung und Benzin. Überhaupt gibt es viel Tauschhandel.

Zum Einkaufen bilden wir Fahrgemeinschaften. Die Einkaufzentren werden wieder beliefert, seit die Bundeswehr die Autobahnen einigermaßen effektiv überwacht und bei Bedarf räumt. Räumen heißt, alles was vier Beine hat und gefährlicher ist als ein Terrier, wird aus der Luft erschossen. Verwilderte Hunde sind auch dabei, Luft schöpfende Autofahrer eher selten. Bild und PETA wetteifern in sentimentalen Berichten über diese Grausamkeit, wobei sie Wörter wie „Hinrichtung" und „Massaker" benutzen. Zugleich lamentiert die Bild gern über die Unfähigkeit der Regierung, Kinder und Greise vor wildernden Hunden zu schützen.

Im Bundestag wird seit längerem darüber debattiert, ob der Notstand schärfere Gesetze erfordert. Stimmen, die das Standrecht bei Plünderung fordern, konnten sich bisher nicht durchsetzen. Mein Nachbar sagt, bei der Plünderung eines Ladens erschossen zu werden sei immerhin weniger qualvoll als Verhungern. Er ist nicht der einzige, der so denkt. Bisher riskieren Plünderer allerdings nicht mehr als einige Wochen Untersuchungshaft, denn die Gefängnisse sind voll.

Der politische Witz ist wieder aufgelebt. *Welche Staaten werden um Hilfe gebeten? Griechenland und Italien. Die einen haben Erfahrung mit der Pleite, die anderen mit der Mafia.*

Allerdings ist die Mafia nicht das größte Problem. Kürzlich hat sich ein Hundeführer der Polizei den Vermummten angeschlossen und mehrere Dienstwaffen gestohlen. In einem Bekennerbrief schreibt er: *Die Befreier haben mir die Augen geöffnet. Ich habe die geknechteten Hunde befreit und bilde meine Kameraden, die Befreier, an der Waffe aus. Seht euch vor.*

An die Löwen – die sich gut vermehren – haben wir uns gewöhnt, meistens sind sie faul und harmlos, und wenn sie jagen, müssen eher Gazellenartige und kleinere Hunde ihr Leben lassen. Ein echtes Problem sind die Bären; zunächst waren sie träge, aber wenige Tage nach den Vorfällen gab es die ersten Opfer. Eisbären fressen alles, was aus Fleisch ist, lebendig oder tot, und Braunbären sind auch nicht niedlich. Man sieht ihnen nicht an, ob sie gerade faul oder aggressiv sind, und sie sind leicht gekränkt und unglaublich schnell. Zum Glück sind es nicht allzu viele, und sie werfen nicht oft. Pandas und kleinere Bären liegen tot herum und werden gefressen.

Hinzugekommen sind die Wildschweine aus den Wäldern am Stadtrand. Sie wühlen die Gärten um, das haben sie zwar früher auch manchmal getan, aber jetzt geschieht es häufig, und sie fressen die Saatkartoffeln. Bären gehen zwar manchmal auf Frischlinge, aber die Schweine sind durch ihre bloße Menge und ihre Intelligenz überlegen. Bisons vermehren sich gut und trampeln viel kaputt. Krokodile mögen die Gegend um das Hahn-Meitner-Institut recht gern; es gibt dort Fische und Graureiher, außerdem hält das Kühlwasser des Versuchsreaktors das Wasser auch im Winter warm. Sie fressen auch Rehe, von denen es ohnehin zu viele gab, und jugendliche Eber, die sich ins Wasser wagen. Kürzlich verblutete ein leichtsinniger Angler – einbeinig.

Nach Geschehnissen, die von der Polizei euphemistisch als *Wildunfall* bezeichnet werden, haben zwei verwaiste Elternpaare sich von den Befreiern ab- und der Kirche zugewandt; sie sind nach ihrer Taufe ganz vernünftig geworden.

Die ersten beiden Winter haben wir – also viele von uns – ganz passabel überstanden; die Ernte letzten Sommer war überraschend gut angesichts der Tatsache, daß die Wenigsten wirklich etwas von Gartenarbeit oder gar Landwirtschaft verstehen. Der dritte Winter naht. Man arrangiert sich. Ich habe ein Gewehr gestohlen, und manchmal gibt es Wildschwein oder Gazelle. Ich lade dann die Nachbarn ein, die mir im Gegenzug mit Stacheldraht für den Garten aushelfen und Tips für den Umgang mit Malaria geben. (Die Schübe kommen bei mir noch selten, angeblich kann man damit jahrelang gut umgehen. Außerdem hatte Richard Löwenherz auch Malaria, was ich irgendwie romantisch finde.) Wir haben es meistens eigentlich ganz nett, nur an den Anblick angefressener Leichen kann ich mich nicht gewöhnen.

Die Vermummten sind – trotz der professionellen Hilfe – seltener geworden. Manche wurden gefressen, andere von Polizei oder

Bundesgrenzschutz erschossen, wieder andere gelyncht. Aber hie und da hört man nachts ihren Schlachtruf:

Den Tieren freies Leben! Die Welt wird gut!

Von Claudia Sperlich ebenfalls erschienen:

Gut Nacht, tredition 2016, 64 S.

Zyklische Sonette, tredition 2016, 112 S.

Hymnarium. Lateinische Hymnen der Kirche neu übersetzt. Zweisprachige Ausgabe, tredition 2016, 124 S.

Archipoeta – Der Erzdichter, tredition 2016, 120 S.

Lass mich bekennen Deine Mandelblüte. Gedichte. Einband und Illustrationen: Doris Kollmann, tredition 2015, 120 S.

René Rapin: Hortorum Libri IV. Die Gärten – Gedicht in vier Büchern. Textkritische Ausgabe und Übersetzung, Kommentar und Quellenedition: Clemens Alexander Wimmer, Übersetzung: Claudia Sperlich, VDG Stuttgart 2012

Mein privates Weblog: https://katholischlogisch.wordpress.com/

Ich veröffentliche monatliche Kolumnen auf kath.net und bin auf Radio Horeb – horeb.org – zu hören.

Zeitfracht Medien GmbH
Ferdinand-Jühlke-Straße 7
99095 Erfurt, Deutschland
produktsicherheit@kolibri360.de